contents

イラスト／旭炬

…じゃない方の令嬢なのに王子に求婚されてしまいました!?

プロローグ　初恋

私の生家であるラングハイム公爵家の血を引く者は、音楽の才能に長《た》けている。

お父様はバイオリン、お母様は歌、お姉様はハープ、そして私はピアノが得意だ。

ご先祖様が歌を愛する女神が困っているところを助けたから、音楽の才能を与えられた……だなんて言われているけれど、本当なのかしら。

もし、そうだとしたら、音楽の才能はいりません。もしくは、人前に出てもあがらない力をください。

「……では、ラングハイム公爵夫人と令嬢たちに、素晴らしい演奏と歌を披露していただいてもよろしいでしょうか？」

ああ、ついにこの時が来てしまったわ……！

緊張で吐き気を感じながらも、顔に出さないように努める。

私はリジー、ラングハイム公爵家の次女だ。

今日はお母様とアイリスお姉様と一緒に、国王様の側室主催のお茶会に来ていた。デビュタント前の私とお姉様が呼ばれたのは、もちろん演奏を披露するためだ。

「リジー、大丈夫よ。私とお母様が付いているわ」

二つ年上のアイリスお姉様は、私の自慢のお姉様。

お母様譲りの銀髪は月光を紡《つむ》いだように美しく、深緑色の目はエメラルドのようだった。お姉様と同じ色の目は、私の唯一の自慢だ。ちなみに髪色は赤茶色で、お父様譲りの色をしている。

「いつも通り演奏すればいいの。あなたのピアノは素晴らしいのだから」

「は、はい……」

ピアノの前に座ると、手が震える。

いつもは普通に演奏ができるのに、人の前に立つと途端に緊張して頭が真っ白になってしまう。

いつも通りに演奏すればいい……わかっているのに、どうして指が動いてくれないの⁉

演奏して間もなく、私は失敗をした。一つ失敗すると、二つ、三つと続いて、結局、指が止まる。ピアノの音色がなくなっても、お母様は歌を、お姉様はハープの演奏を続けたことで、その場を繋いでくださった。

「……また、駄目だったのね。本当にラングハイム公爵家の令嬢なのかしら」

「ふふ、聞こえてしまいますわよ。まだ、十歳でしょう？　幼いのだもの仕方がないですわ」

「あら、アイリス嬢はあの子よりうんと幼い頃でも、堂々と演奏していたものよ」

「育て方が悪かったのかしらね」

「もしかして、父親が違ったりして……」

夫人や令嬢たちの陰口が聞こえて、涙が出そうになる。

私のせいで、こんなことを言われるなんて……。

早く人前で演奏できるようにならなくちゃ……早く、早く――！

でも、気持ちばかりが焦るだけで、失敗を繰り返していた。

「あっ……！」

そして今日もまた失敗をした。

台無しにしてしまった。両親やお姉様が演奏を補ってくれたけれど、ピアノの音色がないのは物足りなく感じる。

涙でにじんで、楽譜が歪《ゆが》む。

駄目……泣いたら、もっと台無しにしちゃうわ。

演奏が終わるまで耐えて、お手洗いに行くふりをして逃げた。

「〜〜……っ」

ホールを出た瞬間に涙が溢《あふ》れた。

どうして私はこうなの……！

お父様も、お母様も、お姉様も、私のせいでラングハイム公爵家を悪く言われているのに、責めるどころか励ましてくれる。

そんな優しい家族の期待に応えたい。普段は普通に弾けるのに、どうして人前だと失敗してしまうのだろう。

廊下でうずくまって泣いていると、足音が近付いてくる。

「大丈夫？」

そのことに気が付いたのは、声をかけられた時だった。

第二王子マリウス・リープクネヒト様、同じ歳ということもあってお姉様と仲がいいお方だ。

短く整えられた豪奢《ごうしゃ》な黄金色の髪に、神秘的な紫色の目は見ていると吸い込まれそう。彼を初めて見た時は、本当に驚いた。こんな絵画から飛び出てきたような人がこの世に存在するなんて思わなかったもの。

「は……」

はい、と返事がしたかったのに、嗚咽《おえつ》が込み上げてきて声が出せない。マリウス様は私の前に片膝を突いて座ると、優しく頭を撫《な》でてくださった。

「リジー、落ち着いて」

「……っ！」

名前を呼ばれ、心臓がドキッと跳ね上がる。

「ああ、ごめんね。アイリスがそう呼んでいるから、僕もついね。嫌だったかな？」

私はすぐに首を左右に振った。

「そっ……そんなこと、ないです」

「じゃあ、リジーって呼ぶね」

「は、い……」

驚いて、涙が引っ込んだ。

「こんな所に座っていては身体が冷えてしまうよ。女の子は身体を冷やしてはいけないそうだよ。さあ、どこか座れる場所に行こう。ホールに戻るのは嫌だよね？　そうだ。庭の薔薇《ばら》がとても綺麗に咲いているんだ。一緒に行こうか」

「……！　わ、私、自分で……」

立ち上がろうとしたら横抱きにされた。

「いいから、さあ、行こう。えーっと」

「は、はい」

マリウス様の綺麗なお顔がとても近くて、せっかく来てくださったのに、また、涙でグチャグチャな顔が恥ずかしくて、私は両手で顔を隠したまま固まる。

風に髪や肌を撫でられ、薔薇の香りが鼻腔《びこう》をくすぐった。指の間から覗《のぞ》くと、庭に到着していた。

「ああ、そこにちょうどいい椅子がある」

マリウス様は長椅子に私を下ろし、ご自身も腰を下ろした。

「ああ、本当だ。とても綺麗だ」

ジャケットのポケットからハンカチを出したマリウス様は、私に手渡してくれる。

「あ……」

「よかったら使って?」

「でも、汚してしまうので……」

「リジーの涙は綺麗だから汚れないよ。濡《ぬ》れるだけだ」

ハンカチを受け取れずにいると、マリウス様は私の手を退けて、涙を拭ってくださった。

「涙、止まったね」

「は、はい……」

走った時みたいに心臓がドキドキ早く脈打って、苦しい……。

「それで、どうして泣いていたの？」

「……っ……そ、れは……」

「ピアノを失敗してしまったから？」

ああ、お見通し……。

「ごめんなさい。演奏を台無しにしてしまって……」

マリウス様の前で失敗するのは、もう何度目だろう。

「謝ることはないよ。失敗なんて誰でもあるさ」

「でも、私、失敗ばかりで、成功したことがないんです。人前で演奏すると、緊張して指が動かなくて……」

喋《しゃべ》っていたら、また涙が出てきた。

「ああ、わかるよ。僕も緊張しやすいからね」

「えっ！　マリウス様が？」

王子という立場上、マリウス様は人前に立つことが多い。でも、とても堂々としていて、私と同じく緊張しているなんて信じられなかった。

「そうなんだ。内緒だよ」

マリウス様が、ご自身の唇の前に人差し指を立てて笑う。

その姿はあまりにお綺麗で、返事をするのが遅くなった。

「は、はい、言いません」

「ありがとう。そうだ。人前で緊張しないでいられる、とっておきの方法を教えてあげようか」

「えっ！　そんな方法があるんですか？」

「うん、これは思い込む力が大切なんだ。できる？」

「が、頑張ってみます」

「いい子だね。じゃあ、目を瞑《つぶ》ってごらん」

ギユゥッと強く目を瞑ったら、そんなに思いきり閉じなくても大丈夫だと言われて恥ずかしくなる。

「まず、自分が人に囲まれている想像をしてごらん。リジーはピアノの前に座っていて、周りにはたくさんの人がいる。親しい人から、顔も知らない人もいる」

「は、はい……」

想像するだけで、変な汗が出てきた。

「その人たちを全員親しい人だと思えばいい。知らない人間に囲まれていると思えば緊張するけれど、親しい人だと思えばそうでもないと思わない？」

想像してみる。

親しい人――お父様、お母様、お姉様、それにおじいさま、おばあさまたち……私を囲んでいると想像しても、ちっとも緊張なんてしない。

そういえば、家族や親類の前では失敗なんてしたことがなかった。

「……緊張、しないかもしれないです」

「だろう？　人前に出たらまずは深呼吸をして、想像するんだ」

マリウス様がまた涙を拭ってくださった。

「大丈夫だ。次はきっと上手《うま》くいくよ」

彼にそう言われると、本当に上手く行く気がする。

「さあ、皆心配しているよ。戻ろうか」

「でも……」

「心配しないで。大丈夫だよ」

マリウス様にそう言っていただけると、本当に大丈夫な気がしてきた。

ホールに戻ると、側室様が再び演奏を希望してくださった。

周りは皆、親しい人たち……。

マリウス様に教えていただいた通り想像して、演奏をしたら初めて失敗せずに済んだ。

演奏が終わった瞬間マリウス様の方を見ると、彼は拍手をしながらにっこり微笑《ほほえ》んでくださった。

この時以来、私は人前での演奏で失敗することがなくなり、陰口を叩《たた》かれることはなくなったのだった。

まあ、「中身が変わっちゃったんじゃないかしら?」ぐらいのことは言われたけれど、家族が不快に思うような内容はなくなったからよしとしよう。

何もかもマリウス様のおかげだ。

素晴らしい美貌に、私なんかを気にかけてくださる天使様みたいにお優しい方――。

お姉様のご友人だと初めて紹介された時から、ずっとマリウス様に憧れていた。

幼い頃はこの気持ちを抱くことに何とも思っていなかった。彼を想《おも》うとただただ幸せで、目の前がキラキラ輝いているように感じる。

でも、大人になるにつれて、この気持ちを抱くことはいけないこと――育ててはいけないと知った。

ご友人として紹介されたけれど、お姉様はマリウス様が、マリウス様はお姉様が好きなのだ。

周りもそう噂《うわさ》していたし、お二人が一緒の時はいつも柔らかな笑顔を浮かべていて、とても幸せそう。お姉様に聞いたら違うと言っていた。でも、きっと照れているのだろう。相思相愛ということは誰もがわかる。

どうしてもっと早くに気付かなかったのかしら。

小さな頃に生まれた淡い気持ちは、どうしようもないぐらい成長して恋心になっていた。

お姉様とマリウス様が婚約するのは、時間の問題だ。今でもどうしてしていないのかおかしいぐらい。

早く忘れなくては……。

この気持ちをなかったことにしなくては……。

そうしないと、今よりも辛くなる。お二人がご結婚する時、心から祝福できないなんて嫌な妹にはなりたくない。

第一章　あなたを幸せにしたい

「僕と結婚してください」

驚きのあまり、私は目を大きく見開いたまま固まった。

なぜなら私に求婚したのは、マリウス様だったからだ。

今日、マリウス様が我が家にいらっしゃるのは知っていた。何のご用があってかは知らなかったし、聞かなかった。

きっとそろそろアイリスお姉様との婚約を進めるために、色々と準備があるのだろうと想像している。

傷付きたくないから、自らお二人の情報を得るようなことはしたくない。

いつか好きになるのをやめる——。

そう思っていたのに、十六歳になった今もマリウス様を好きなままでいた。

ご成長されたマリウス様は、ますます美しくなられた。愛らしいお声は低さの中に甘さがあって、聞いているととろけてしまいそう。しかも色気があって、社交界の女性たちは彼に夢中だった。

まあ、アイリスお姉様という完璧な人がいるから、アプローチしてくる方は滅多《めった》にいないけれど。

ちなみにこの時間、私はいつも部屋で刺繍《ししゅう》か読書をしている。でも、今は庭に出て花を眺めていた。

正確に言うと、花を愛《め》でるふりをしている。

部屋にこもっているよりも、庭に出ていた方が、マリウス様と会える可能性が高くなるからだ。実際、彼は花が好きなようで、ここでは何度も鉢合わせになっている。

好きでいることをやめなければと思っているくせに、行動に伴っていないのが恥ずかしい。

マリウス様が私の前に跪《ひざまず》いて、私の手を取っている。結婚してくださいって仰《おっしゃ》ったわ！　夢じゃないわよね⁉

一瞬舞い上がりそうになった。でも、すぐに現実に戻る。

マリウス様が好きなのは、誰がどう見てもアイリスお姉様よ。

一週間前にもマリウス様は我が家に訪れ、サロンでアイリスお姉様と楽しそうに話していらっしゃった。

あっ！　もしかして、私の後ろにアイリスお姉様が？

周りを見渡す。でも、アイリスお姉様もいないどころか、誰もいない。だとすれば、答えは一つ……。

「マリウス様……大変申し上げにくいのですが、私、リジーです。あの、眼鏡をかけていらっしゃるところを見たことがなかったので、マリウス様は視力がいいと思っていたのですが、もしかして、かなりお悪いのでしょうか」

もう、それ以外、私に求婚してくる理由なんて見つからなかった。

「ああ、リジーだね。ちなみに僕に眼鏡は必要ないし、視力は人よりいい方だと思うよ。狩りの時なんて、うんと先の動物が見えるんだ。ノアが動物並みの視力ですねって驚いていたぐらいだよ」

ノア様とは、アンテス公爵の嫡男で、マリウス様のご側近のお一人だ。見目麗しく学芸と武道の両方に長けていて、女性からとても人気がある。

見えていらっしゃるのに、どうして私に……？

「リジー、返事を聞かせてくれる？」

どうして……？

記憶を辿《たど》って、こんなことに至った原因を探ると――。

あっ……！

心当たりが、一つある。


あれは、二週間前のこと――。

私とお姉様は、王城の舞踏会に出席していた。

『リジー嬢！　お待ちください』

『ごめんなさい。急いでいますので……！』

私は一人だけ化粧室に行った帰り、アベラール伯爵の嫡男であるエタン様に目を付けられて、しつこく追いかけ回されていた。

『少しぐらい良いではないですか』

混んでいると思って人気のない化粧室を使ったのが運の尽きだ。

エタン様は、女性遍歴がとても派手だ。

ご婚約者がいながらも、あちこちの女性と関係を持っていた。実際にキスしているところを見たことがあるから、ただの噂じゃない。目を付けた女性はしつこく追い回し、時には強引に事に及ぶこともあるらしい。

早くホールに戻らないと！

人目があるところでは、さすがに迫られはしないだろう。

『少し話をしたいだけなのに、そんなに怯《おび》えられては傷付きます。お願いです。どうかお待ちください。逃げないで』

よく言うわよ……。

ただ、話したいだけの人が、ほとんど面識がない状態で、声をかける時に肩を抱くわけがない。まだ肩に感触が残っていて不快だ。

こんな人気のない場所で二人きりで話すなんて、恐ろしいことできない。自殺行為だわ。

『さ、先ほど申し上げました通り、逃げているわけではなく、とても急いでいるんです。姉が心配しますので、私は戻らないと……』

ああ、ヒールとたっぷりのフリルで膨らませたドレスが邪魔で動きにくい。

『ああ、ドレスをヒラヒラと揺らして……まるで蝶《ちょう》のようだ。私は蝶が大好きなんです。小さい頃によく捕まえたな……レディ、もしかして、私のことを誘っているのですか？　いけないお人だ。でも、そういうのは嫌いじゃありませんよ。むしろ、興奮する』

何を言っているの、この人は――……！

『なっ……違います！　さ、さ、誘ってなんていません！』

子供に追いかけられる蝶の気持ちが少しわかった。捕まったら、死ぬまで虫籠《むしかご》から出してもらえない。なんて恐ろしいの！

『強気なところも素敵だね』

い、嫌――……！

絶対に捕まるわけにはいかない。

淑女として、急ぎ足をするのは、はしたない。走るなんてとんでもない。でも、そんなことは言っていられなかった。

捕まったら、人生が終わるもの！

走るなんて、子供の頃以来だ。

この階段を下りたら、もうすぐホール……あともう少しで逃れられる。早くお姉様の所に行って、話を聞いてもらいたい。

あと十段ほどで下り終えるというその時、ヒールがボキッと音をたてた。

『えっ……』

身体がぐらりと揺れる。

嘘《うそ》でしょう……⁉

手すりを掴《つか》んで立て直そうとしたけれど、レースの手袋のせいでツルリと滑って掴めなかった。

『わ、私は知らない。私のせいじゃない』

私が落ちそうになったのを見て、彼は足早に去って行った。

あなたのせいに決まってるでしょう！　最初から諦めてくれていたら、こんな目に遭わなかったのに！

『きゃあああああっ！』

強く目を瞑って痛みに備えていると、何かが私の身体をしっかりと包み込んだ。

『……と！』

『……っ……⁉』

あれ？　痛くない。

そして、衝撃が伝わってきた。痛くはない。でも、身体が大きく揺れた。

何が起きたの？

『リジー……大丈夫？』

聞こえてくるはずのない大好きな声に、ハッと目を開ける。

『マ、マリウス様⁉』

『怪我《けが》はない？』

視界に広がったのは、マリウス様の美しいお顔……しかも、私が見下ろしている。瞬《まばた》きを五

回したところで現状を理解した。

マリウス様が、落ちてきた私を受け止めてくださったのだ。

『は、はい、ごめんなさい。すっ……すぐにっ！　今、すぐに退きま……』

胸に違和感を覚えた。

何かに包み込まれて……る？

目線を下にやると、マリウス様の大きな手が私の胸を包み込むように触れていた。

『あ……！』

私が気付いた瞬間、マリウス様も気付いたようですぐに手を退けた。

『ご、ごめん。咄嗟《とっさ》に受け止めたら、たまたま……』

『い、いえっ！　大丈夫です。ありがとうございます。助かりました……』


あの時に胸を触った責任を取ろうとして、求婚してくださった……？

そんなこと恥ずかしくて聞けない。でも、それぐらいしか心当たりがなかった。

ちなみになぜマリウス様があの場に居たのかというと、ホールになかなか戻らない私を心配して、捜しに来てくださったそうだ。

私をしつこく追い回したエタン様は、後日、マリウス様が父親のアベラール伯爵と共に呼び出して、厳重注意をしたと聞いている。

国王であればもっと厳しい処分を下すことができたのに、王子の自分ではこれが限界だった。申し訳ないと謝られたけれど、十分すぎるほどのご配慮だ。

マリウス様は、本当にお優しい方だわ。嫌なところの一つでもあれば、好きになるのをやめられたかもしれないのに、どうしてこうも素晴らしいの？

「リジー？」

マリウス様に名前を呼ばれ、ハッと我に返った。

「はっ……はい！」

「返事を聞かせてくれる？」

理由はともかく、すごく嬉《うれ》しい。でも、こんなの駄目よ。

マリウス様とお姉様は愛し合っているの。それなのに責任を取って、私と結婚するだなんて、絶対に駄目！

「はい、喜んで」

理性が一瞬で弾け、そう答えていた。

私の馬鹿――……！

責任を取るために求婚して、好きな人の妹と結婚するなんてありえないわよ！　どうしてお断りしないの！

そしてアイリスお姉様のことが頭をよぎる。

好きな人が妹と結婚するなんて、どんなに辛《づら》いことだろう。

こんなの絶対に駄目だわ。やっぱりこのお話は、なかったことにしてくださいと言わなくては……！

「嬉しいよ。ありがとう」

「～～……っ」

マリウス様の眩《まばゆ》い笑みに見惚《みと》れ、手の甲にキスされると頭が真っ白になって何も言えなかった。

マリウス様からお父様に求婚の話をしてくださって、その日の夕食は、家族で私の婚約のお祝いをしてくれた。

「マリウス様、リジーは私の大切な妹です。絶対に幸せにしてくださいね。約束ですよっ！」

お姉様の顔は、怖くて見られなかったけれど、声はとても明るかった。

無理していらっしゃるのよね……。

「もちろんさ。必ず幸せにするよ」

ああ、マリウス様も無理をしていらっしゃる……心の中では、お二人とも泣いていらっしゃるわ。私が欲望に負けて、ちゃんと断れなかったせいで……！

部屋に戻って一人でいると、マリウス様と結婚できる喜びとお姉様への罪悪感で押し潰されそうになる。

私のせいでお二人が引き裂かれてしまう。でも、マリウス様と一緒になりたい……！　私ったら、なんて最低な女なの！　稀代《きたい》の悪女よ！

頭を抱えていたら、部屋の扉を叩かれた。

「はい？」

「リジー、私よ。入ってもいいかしら？」

アイリスお姉様……！

きっと、私を怒りに来たんだわ。

いくらアイリスお姉様がお優しいとはいえ、好きな人を盗み取るような真似《まね》をした妹を許してくれるはずなんてない。

「え、ええ、どうぞ……」

ドキドキしながら返事をすると、お姉様が入ってきた。意を決して、さっきは怖くて見ることのできなかったお顔を見る。

ああ、今日もなんてお綺麗なのかしら。毎日お姿を拝見していても、毎日見惚れてしまう。

「何をしていたの？」

え？　あら？

お姉様の表情は、とても明るい。幸せそうに見えた。

どうして？

「えっと、頭を抱えて……」

「頭？　痛いの⁉　どうしたのかしら。大丈夫？　すぐにお医者様を……」

「あっ……ち、違うの。えーっと、マッサージ！」

「マッサージ？」

「そ、そう、頭をマッサージすると、えーっと、えーっと、あ、そうだわ。綺麗な髪が生えてくるんですって！」

「そうなの？　よかった……でも、リジーの髪は十分綺麗よ」

お姉様は安心したように胸を撫でおろし、にっこり微笑む。

「あ、ありがとう」

なんとか誤魔化《ごまか》せたわ……。

お姉様――好きな男性を奪った妹を心から心配してくださっている。なんて優しいお方なの……。

「ところで婚約のことなのだけど……」

きたわ……！　謝らなくちゃ！　謝って、この婚約をなかったことに……。

「リジー、本当におめでとう！　私、嬉しくて、嬉しくて……ディナーからずっと興奮したままなの」

お姉様は私の手を握って、花のような笑顔を見せてくださった。

えっ……ええ⁉　どうして、そんなお顔をなさるの⁉

無理をして作れるような表情じゃない。心から幸せだと感じている顔だ。ずっと一緒に育ってきた妹だからこそわかる。

妹に好きな人を奪われた方が、こんな嬉しそうな表情をなさる？　どうしてそんなお顔ができるの？

「実はね、リジーに話したいことがあるの……」

来たわ……！

私から先に謝らなくてはと思いながらも、緊張で固まってしまって何も言えない。喉に石でも詰め込まれているかのように、言葉が出てこない。

早く、謝らなくちゃ……早く……！

「あのね。私も結婚するの」

「……えっ⁉」

あまりに驚いて、声が裏返った。

「けっ……結婚……⁉　ど、どなたと⁉」

「まだお父様とお母様には報告していないから内緒ね。実はずっとクロード様……バルビエ公爵とお付き合いしていたの」

「えっ⁉」

マリウス様とお付き合いしていたのではなかったの⁉

バルビエ公爵は屈強な身体を持ち、王立騎士団の騎士団長を務めている。マリウス様とは正反対の印象のお方で、歳はお姉様より二つぐらい上だったかしら。

短く切りそろえられた黒髪、目の色は珍しい赤で、少し怖い顔立ちをしているけれど、見た目とは違って人格者だとで、部下の皆様から慕われている。

「ど、どうしてバルビエ公爵と？　いつ？」

マリウス様は⁉

「ふふ、昔、しつこい男性に言い寄られたことがあって、そこをクロード様が助けてくださったのがきっかけなの。ずっとクロード様が好きで、恋人にしてほしいってアプローチしてたんだけれど、全然相手にされなくて……」

「お姉様にアプローチされて、好きにならない男の人がいるの⁉　お姉様よ⁉」

全世界で一番の美貌を持つだけでなく、聖母のようにお優しいアイリスお姉様になびかない男性がこの世にいるなんて……！

「ふふ、もうリジーったら、何を言っているの？　当たり前よ」

当たり前じゃない。身内の欲目ではなく、お姉様が素晴らしい女性なのは事実なのだ。

自覚がないところがお姉様らしいわ。

「でも、リジーがそれだけ私を好いてくれているってことよね。嬉しいわ」

「ええ、お姉様、大好きよ」

「私もリジーが大好き」

いつものように、お姉様が抱きしめてくださった。温かくて、柔らかくて、とてもいい香りがする。

「相手にされなくても、私の恋心は消えなかった。何度も何度も気持ちを伝えて、去年ようやく恋人にしてもらえたの」

「きょ、去年……」

全然気が付かなかったわ。

「秘密にしていてごめんなさい。なんだか気恥ずかしくてね」

一年前、お姉様とマリウス様は、いつものように仲睦《むつ》まじかった。

「あ、あの、このことは、マリウス様はご存じだったの？」

「ええ、マリウス様には、相談に乗っていただいていたし、両想いになってからはクロード様とお出かけできるように協力してもらっていたの。ほら、クロード様は王立騎士団だから、王子だと色々と都合をつけてもらえるのよ」

マリウス様、好きな人の恋愛相談に乗って、ご協力をされていたの……。

「それでね、昨日クロード様が『結婚してください』って言ってくださったの！　もちろん承諾したわ。これからクロード様が来てくださって、お父様たちにご挨拶する予定なの。でも、リジーに先に伝えたくて」

以前、お姉様にマリウス様をお好きなのか尋ねた時、「そんなわけない」と否定はしていたけれど、照れて本当のことを言えないだけで、てっきり相思相愛だと思っていたのに……。

まさか、マリウス様の片思いだったなんて……。

「リジー？」

名前を呼ばれ、ハッと我に返る。

マリウス様にとっては辛いお話、でも、お姉様にとっては素晴らしいお話だわ。

「お、お姉様、おめでとう！」

「ありがとう！　ああ、もう素敵！　おめでたいことがこんなに続くなんて！」

お姉様は私の手を取り、子供の頃みたいに飛びながら喜んだ。

マリウス様、なんてお可哀《かわい》そうなの……。

お姉様を心から祝福できないなんて、酷《ひど》い妹だわ。でも、マリウス様がお心を痛めていると思ったら、悲しくて仕方がない。

責任感が強いばかりに好きな人の妹と結婚する羽目になった上に、お姉様を他の男性……それもご自身の騎士団の騎士団長に奪われるなんて。

「リジー？」

「えっ……あ、え、ええ！　ええ！　本当ね。素敵だわ」

「ふふ、さっきからぼんやりしてどうしたの？　……ああ、でもそうよね。求婚されたばかりだもの。そうなって当然よね。私もそうだもの。夢の中みたいというか、フワフワした感じというかね。うふふ」

「そ、そうなの。うふふ」

マリウス様に求婚して頂いたことは、どんな形であったとしても嬉しいことに違いはない。

でも、彼があまりに可哀相《かわいそう》だ。

けれど、こうなった以上はもうどうしようもない。

マリウス様、今はお辛いかもしれません。ですが、私に求婚してくださったからには、私が幸せにしてみせます……！

この日、私は固く決意した。大好きなマリウス様を必ず幸せにしてみせる——と。

第二章　亡霊が巣食う城

私とマリウス様が婚約した話は、たちまち国中に広がった。

お姉様とバルビエ公爵も婚約が決まり、お父様とお母様は嬉しい気持ちが大きいけれど、同じ期間に私たちが居なくなってしまうのは寂しいと言ってくださった。

お二人の子供として生まれることができて、素敵なお姉様が居て、私はとても幸せな子だ。

絶対に結ばれることはないと思っていた大好きな人と婚約したなんてまだ信じられなくて、ずっとふわふわ夢の世界を漂っていたような気分だった。

でも、一か月後に王城で婚約パーティーが行われることが決まって、毎日が忙しくなり、これが現実なのだと改めて自覚する。

私、本当にマリウス様と結婚できるのね……。

「マリウス様、いらっしゃいませ」

「お邪魔するよ。リジー、元気だった？」

ああ、マリウス様に名前を呼ばれると、自分の名前が特別に感じる。

マリウス様はご政務やパーティーの準備でお忙しい中、時間を見つけては、会いに来てくださる。

お姉様に会いたいはずなのに、私の元へ来てくださるのが嬉しい。そしてマリウス様のお気持ちを考えたら、申し訳なく思う。

「はい、とても。マリウス様はお元気でしたか?」

「さっきまではそうでもなかったけれど、リジーに会えたから、すごく元気になった」

「……っ」

私を喜ばせるために言ってくださるとわかっていても、嬉しくなってしまう。

「これ、お土産だよ。城の庭で薔薇が綺麗に咲いていたから、持ってきたんだ」

「ありがとうございます。えっ! こ、この薔薇って王城にしかなくて、滅多に咲かない貴重な品種ですよね?」

間違いない。小さい頃、王妃様のお茶会に招待されたお母様にピアノの演奏をしてほしいからと言われて、お姉様と一緒に付いて行った時に、王城に行った時に見て、あまりの美しさで感動したあの薔薇だった。

外側が薄いピンク色で、中心に向かって濃い色になっている大きめの薔薇だ。滅多に蕾《つぼみ》をつけることがなく、咲かせることも難しい。一輪だけでもダイヤに相当するほどの価値があると聞く。

「前にすごく綺麗だったと言っていたから、今度咲いたらぜひにと思っていてね」

かなり昔に一度だけお話しただけなのに、覚えてくださったなんて……。

「こんな貴重な薔薇、私がいただいていいのですか？」

「もちろんだよ。一輪しかなくてごめんね。それしか咲かなかったんだ」

「一輪だけでも贅沢《ぜいたく》です！　ありがとうございます」

大きな花だから、一輪だけでもすごい存在感だ。それにとてもいい香りがする。

「普段は机に置いて、寝る時にはベッドの横に飾りますね。枯れる前にポプリにして、持ち歩きます」

「いいなぁ……」

「あ、マリウス様にもお作りしましょうか」

「ありがとう。でもポプリを羨ましがったわけじゃなくて、この薔薇は常にリジーの傍《そば》に居られていいなぁっていう意味だよ」

「えっ」

顔が熱くなる。本当じゃないってわかっていても、そんなことを仰られたら、ドキドキしてしまう。

胸が苦しい。

マリウス様がお好きなのはお姉様なのに、まるで私のことを好きみたいに仰ってくださる。

私に気を遣ってくださっているのね。そして、お姉様を好きなこと、私が知らないと思っているのだわ。

そう思っていらっしゃるのなら、知らないふりをしなくちゃ……！

「でも、リジーの手作りは欲しいから、僕にも作ってくれる？」

「は、はい、もちろんです」

失恋をして辛い中、私を気遣ってくださるマリウス様の優しさが嬉しくて、ますます好きになる。

今でもおかしくなりそうなほど好きなのに、もっと好きになってしまうなんて……。

「サラ、花瓶に活《い》けてくれる？」

「かしこまりました」

侍女のサラに薔薇を渡し、マリウス様と一緒に私の部屋へ向かう。同じソファに二人揃《そろ》って腰を下ろす。

前までは私とお姉様が同じソファ、向かいにマリウス様に座っていたけれど、婚約してから

は、こうして一緒に座るようになった。

肩がぶつかってしまいそうなほど距離が近くて、ドキドキしてしまう。マリウス様からいい香りがするからなおさら……。

サラが活けたお花とお茶、そして今朝、私が焼いたチョコレートケーキを持ってきてくれた。

「サラ、ありがとう」

「では、失礼致します」

マリウス様を幸せにしてみせる！　と意気込んだものの、具体的にどうすればいいか思いつかないでいた。

幸せになって頂くのは最終目標として、マリウス様が喜ぶことをしていこう。何がいいかしら？　と考えついたのがお菓子だった。

マリウス様は甘い物がお好きで、紅茶には必ずお砂糖を入れるし、お出しした甘いお菓子は必ず召し上がってくださっていた。特にご政務の時に甘いものが欲しくなると、昔聞いたことがある。

簡単なお菓子を作ったことはあるけれど、ケーキは初めて挑戦した。材料もしっかり計ったし、シェフに教えてもらいながら作ったし、味見もしたから味は大丈夫なはずだ。

マリウス様のお好みの味だといいのだけれど……。

「マリウス様、ケーキはいかがですか？　私が焼いたんです」

「えっ！　リジーが作ってくれたの？」

「はい、挑戦してみました」

「……っ」

マリウス様は言葉を詰まらせ、私の作ったケーキを見て目を大きく見開いた。

ど、どうしたのかしら……。

あっ！　もしかして、公爵令嬢が……王子の婚約者がキッチンに入って、料理をするだなんてって呆《あき》れていらっしゃる？

貴族はキッチンに立たない。料理は使用人の仕事だからだ。

しかも、マリウス様が甘いものをお好きだからといって、自分で作るのはいかがなものだろう。

王城のシェフがいつも美味《おい》しいお菓子を作ってくれているのに、素人で経験がない私のお菓子なんて敵《かな》うはずがない。

わ、私、舞い上がって、なんてことをしてしまったの！　今からでも何か別の物を用意してもらって、このケーキは下げた方がいいかもしれない。

「あ、あの……」

「リジーの手作りだなんて嬉しいよ」

でも、今下げるのは変な空気になりそう……！　ど、どうしたらいいの！

「頂いていい？」

ああ、もうここまできたら、下げることなんてできない！

「は、はいっ！　もちろん。マリウス様に召し上がって頂きたくて作ったので……」

マリウス様はケーキの乗った皿を手に取り、色んな角度からまじまじと眺める。

「すごいなぁ……リジーは天才だ。とても美味しそうだよ」

呆れられているのかと思ったけれど、違うみたい。そうよね。マリウス様はお心が広いもの。細かいことを気になさるはずがないわ。

「いえ！　シェフに教えてもらってやっと作ったものです」

「一生懸命作ってくれたんだね。嬉しいな」

喜んでくださってる……!?　どうしよう。嬉しい。

「頂きます」

香ばしく焼いたナッツと細かくしたオレンジピールを練りこんで焼き上げたので、食感もいいし、オレンジピールも爽やかで、我ながらすごく美味しくできたと思っている。隣には生クリームを添えた。チョコレートケーキが甘いので、砂糖は入れていない。

マリウス様の召し上がる姿を祈るような気持ちで見守る。

美味しく感じてくださいますように……。

「うん、美味しい」

「本当ですか⁉」

「すごく美味しいよ。今まで食べたお菓子の中で一番美味しい」

それは褒めすぎだわ。

「婚約式に向けて色々忙しい中、僕のためにありがとう」

「いえ、そんな。私なんて、マリウス様に比べたら忙しくありません。……あ、あの、また作ったら召し上がって頂けますか？」

嬉しさのあまり、つい調子に乗ってしまう。

王城のシェフには敵わないとわかっていても、また自分の作ったものをマリウス様に召し上がっていただきたい。

マリウス様の綺麗なお顔を注意深く見た。

彼はお優しいから、私に気を遣って「いいよ」と言ってくださるかもしれないもの。舞い上がらずに、しっかり見極めなくちゃ！

「えっ！　作ってくれるの？」

「はい、ご迷惑でなければ」

「迷惑なんてとんでもない！　すごく嬉しいよ。リジーの手作りお菓子がまた食べられるなんて夢みたいだ」

マリウス様は嬉しそうに笑ってくださった。それが心からの笑みだと伝わってきて、顔が熱くなる。

こんなに喜んでくださるなんて、思わなかった……。

「じゃあ、また作ります。今度は今日より美味しくできるように頑張りますね」

「今日も今まで食べたことない美味しさなのに、もっと？　すごいな。どんなお菓子を食べさせてもらえるんだろう。楽しみだ」

「そ、それは言い過ぎです」

王城のシェフは国一番の腕だし、城には世界中の素晴らしいお菓子が集まるのに、今までで一番美味しいなんて言い過ぎだ。

「お世辞じゃないから勘違いしないでね」

お皿の上のケーキが減っていくたびに、胸の中が温かくなる。

マリウス様に喜んで頂くつもりが、それ以上に私が喜んでしまうなんて……。

「ご馳走様、すごく美味しかったよ」

「ありがとうございます。お口に合って本当によかったです」

「それから、薔薇の他にもう一つ持ってきたものがあるんだ」

「え？」

マリウス様はジャケットのポケットから、布張りの白い小さな箱を取り出す。箱を開けると、中には大きなダイヤの指輪が入っていた。

「婚約指輪、ようやく完成したから持ってきたんだ」

「あっ……」

そうよね。婚約するとなれば、婚約指輪が必要よね。

マリウス様と婚約できることに舞い上がって、すっかり忘れていた。

「左手を貸してくれる？」

「は、はい」

左手を差し出すと、指輪をはめてくださった。ダイヤの重みをずっしりと感じる。幸せの重み……。

いつかこの左手の薬指には、マリウス様以外の人から貰った指輪をはめないといけないと思っていた。

まさか、マリウス様から頂いた指輪をはめることができるなんて……昔の私が聞いたら、泣いて喜ぶことだろう。

　というか、今、嬉しくて泣きそう。

「うん、よく似合うよ」

「素敵です。マリウス様、ありがとうございます。大切にしますね」

「気に入ってもらえてよかった。……と、そろそろ帰らないと。慌ただしくてすまないね」

「いえ、お忙しい中、会いに来てくださって嬉しいです」

　少しでもお姉様に会……いいえ、会うとかえって辛いかもしれないわ。

「リジーの作ってくれたケーキって、まだある？」

「はい、まだまだたくさんあります」

「もしよかったら、持って帰ってもいいかな？　政務の時にも食べたいなと思って」

　本当に美味しいと思ってくださったのだと感じて、嬉しさのあまりにやけてしまう。

「もちろんです。すぐにお包みしますね」

　マリウス様は私の作ったケーキを持って、城へお帰りになった。

　指輪の重みを感じると、マリウス様のことを思い出して幸せを感じる。

◆◇◆

とうとう婚約パーティー当日——国中の貴族たちが城に集まった。

マリウス様はロイヤルブルーのスーツに、豪華な赤いマントを身にまとっている。私もスーツと同じ生地でドレスを作ってもらった。

装飾品もお揃いを意識していて、マリウス様はクラヴァットを飾るブローチとカフスボタンに、そして私はネックレスとイヤリングにダイヤを使っている。

それから私の髪と、マリウス様の胸元を飾っているのは国花の黄色い薔薇だ。

壇上の中心には我が国、カトレア国の王アドリアン様が、そのすぐ後ろにマリウス様と私、さらにその後ろには第三王子のオリヴァー様がいらっしゃる。

彼はアドリアン様とご側室の間に生まれたお子で、年齢はマリウス様の一つ下だ。

後ろでまとめられた長い金色の髪は、緑がかっていてマリウス様の金髪とは少し色合いが違う。目は淡褐色で、マリウス様の目が切れ長に対して、オリヴァー様は垂れ目がち。

お二人ともとても綺麗な顔立ちをしていらっしゃるけれど、マリウス様とオリヴァー様とは美しさの種類が違う。

ちなみに第一王子がいらっしゃらないのは、幼い頃に流行《はや》り病でお亡くなりになったからだ。

マリウス様のお母様でもある王妃様は、お身体が弱かったこともあり、第一王子のリュカ様の病に感染し、一緒にこの世を去っている。

その当時からマリウス様は我が家に出入りをしていたけれど、私はうんと小さかったから覚えていないし、大きくなってからもあの時のことは聞いていない。周りにお気遣いされる方だから、悲しい思いをしても、そのことを周りに悟られないように明るく振舞ってきたに違いない。

マリウス様のお気持ちを考えたら、胸が締め付けられる。お寂しい思いをして過ごしてきたマリウス様を抱きしめて、お慰めしたい。

ご側室は数年前に肺の病を患い、王都を離れて空気のいい土地で療養していらっしゃって、まだまだ城へ戻るのは難しいそうだ。

「皆、今日は集まってくれて感謝する。我が息子のマリウスが、ラングハイム公爵家の令嬢であり、ピアノの名手であるリジー嬢と婚約を結ぶこととなった」

国王アドリアン様の発表と共に盛大な拍手が上がる中、マリウス様をお慕いしていた令嬢たちが、耐えきれずに涙を流すのが見える。

私もマリウス様がお姉様や別のご令嬢と婚約を発表したら、ああして涙を流していたはず……。

彼女たちの気持ちが痛いほどわかって、なんだか胸が苦しくなる。

「さて、今日の主役の一人であるリジー嬢に一曲披露してもらおうか」

ハッと我に返った。でも、表情には出さないようにする。

「はい」

マリウス様や家の名に泥を塗らないように、しっかり演奏しなくちゃ……！

今日演奏してほしいことは、事前にご連絡をいただいていた。演奏する曲は任せるとのことで、何の曲を弾《ひ》くか悩んだ末、これに決めた。

カトレア国に古くから伝わる曲で、『祝福の未来』。作曲家は不明――。

難しくてなかなか完璧に弾けなくて、何時間も、何日も練習した。ようやく弾けた時にちょうどマリウス様がいらっしゃっていて……。

『リジー、すごいよ。この曲は他の人が弾いているのを聞いたことがあるけれど、リジーの演奏が一番心に響く。聞いていると、すごく幸せな気分になれるよ』

そう言って褒めてくださったのが嬉しくて、私の一番大好きな曲になった。

マリウス様は何気なく仰られたことで、もう覚えていないだろうけれど、あれから何年も経《た》っても私はあの時のことを何度も思い出す。

ピアノを披露し、拍手の中マリウス様の元へ戻る。

失敗しないでよかった……。

人前では何度も演奏してきた。でも、何度演奏してもやっぱり緊張してしまう。

「素晴らしい演奏だったよ。祝福の未来、今日にぴったりだね」

「はい、大好きな曲なんです」

「僕もだよ。リジーの演奏を聞いて以来、一番大好きな曲になった。やっぱりリジーの演奏が一番心に響くよ。すごく幸せな気分になれる」

心臓が大きく跳ね上がる。

「えっ……マリウス様、覚えていらっしゃるんですか？」

「もちろん。初めて完璧に弾けた時に、偶然僕が居合わせたんだったよね。幸運だったよ。あんなに素晴らしい演奏を独り占めできたんだから」

まさか、覚えてくださっていたなんて……。

嬉しくて、涙が出そうになるのを必死で堪えた。

挨拶の時間となり、高位貴族から順に婚約のお祝いを伝えにくる。早い順番でラングハイム公爵家の番がやってきた。

「大切に育てた娘が、マリウス様のように素晴らしいお方に貰っていただけるのは何よりの幸せです。娘をどうかよろしくお願いします」

「マリウス様、どうか娘をよろしくお願いします」

お父様とお母様に感動して、なんとかひっこめた涙がまた出そうになる。

「はい、必ず幸せにします」

ああ、駄目よ。泣いたら、お化粧が酷いことになっちゃうわ。

「マリウス様、リジー、本当におめでとうございます。マリウス様の友人として、リジーの姉として、こんなに嬉しいことはありませんわ」

でも、お姉様の挨拶で涙が引っ込んだ。

な、なんてこと！　お姉様、やめて！　マリウス様の失恋の傷に塩を塗り込んでは駄目！

「アイリス、ありがとう」

マリウス様、なんてお可哀想《かわいそう》……もう、お姉様ったら、マリウス様のお気持ちを全然理解していらっしゃらないんだから！

マリウス様の方を見ると、穏やかな微笑みを浮かべていらっしゃった。その笑顔の裏側は、きっと涙で濡れているに違いない。ああ、本当にお可哀相……。

ラングハイム公爵家の番が終わった後も、貴族たちが続々とやってくる。

ようやく一息つけたのは、一時間も後のことだった。正直少し疲れたけれど、マリウス様と結婚できるのなら何時間でも耐えられるわ。

化粧をしてから何時間も経つし、崩れていないか心配になる。

「マリウス様、私、お化粧室に行ってまいります」

「化粧室の前まで送るよ」

結婚することになった元凶の出来事、お化粧室の帰りにエタン様から追いかけ回されたことを気にしてくださっているに違いない。

「大丈夫です。心配なさらないでください」

「でも……」

「マリウス様をお待たせしてお化粧を直すなんて、申し訳のないことできません。すぐ済ませてきますので」

自分が一緒じゃ嫌なら護衛を付けると、側近のノア様が付いてきてくださることになった。

「ノア様、申し訳ございません」

「いえ、お気になさらないでください」

化粧室の帰り、角を曲がろうとしたら……。

「本当に驚きましたわ。アイリス様じゃなくて、妹のリジー様とご婚約なさるのですもの。一体、どうなっているのかしら」

「どう見てもアイリス様と相思相愛でしたわよね。どうしてリジー様とご婚約なさったのかしら」

「アイリス様はバルビエ公爵とご婚約されたので二重に驚きましたわ」

令嬢たちが内緒話に花を咲かせていた。

うう、聞きたくなかった。

「なんてことだ。注意してまいります」

「待ってください。私は平気です。別の道から行きましょう。あの、マリウス様にも仰らないでくださいね」

「いや、しかし……」

「お忙しいマリウス様に、余計な心配をかけたくないんです。言わないでください。約束ですよ？　絶対に、絶対ですよ」

マリウス様の傷口に塩を塗り込まないで！

とは言えないので、必死に頼んだ。

「……わかりました」

「ありがとうございます。さあ、道を変えて戻りましょう」

引き返して別の道からホールへ向かう。回り道になったので、少しだけ戻るのが遅くなってしまった。

「マリウス様、お待たせしました」

「お帰り。大丈夫だった？」

「ええ、もちろんです。ノア様が護衛してくださったので」

心に怪我は負ったけど、事実ですものね。落ち込んでいても仕方がないわ。

「……少し疲れたな。リジー、もしよかったら、庭を散歩して一休みしない？　ちょうど薔薇が見頃だよ」

「はい、ぜひ！」

ノア様や護衛の兵が付いてこようとしたけれど、マリウス様が断ってくださった。

マリウス様と二人きりでお散歩できるなんて嬉しい。

外に出ると薔薇のいい香りがする。色とりどりの薔薇が月明かりに照らされて、とても幻想的だ。

「わあ、綺麗ですね」

「気に入ってもらえてよかった。今日を逃すと散ってしまうところだったから、見せられてよかったよ」

「私、薔薇が一番好きなんです。上品で、華やかで、堂々としていて……」

まるで、マリウス様みたい……。

「うん、知ってる」

マリウス様が柔らかく微笑んでくださる。

「えっ」

心臓がドキッと大きく跳ね上がった。

心の声を口に出してしまって、自分の気持ちを知られたような気がし、顔が熱くなる。

いやいや、そんなことあるわけないわ。無意識に心の声が漏れていたら、もうとっくに私の気持ちなんて知られていることになるもの。

マリウス様と一緒にいるたびに、好き好き！　って気持ちが溢れているんですもの。

いつかは私の気持ちを知ってほしいと思うけれど、まだマリウス様のお心の中にはお姉様がいるはずだ。今お伝えしても、困らせるだけに違いない。

「前、アイリスも交えて三人でラングハイム公爵邸を散歩した時、薔薇が一番好きだって言っていたね」

「えっ！　そうでしたか？」

「うん、リジーが十二歳ぐらいの時だよ。薔薇が綺麗に咲いたから、散歩をしようと僕たちを誘ってくれたんだ。その時に薔薇が一番好きな花だって言っていた」

お、思い出せない……。

お二人でいる時に、一緒に散歩をしようだなんて……ここは、『薔薇が綺麗に咲いたから、お二人で散歩をしてきたらいかがですか？』って言うべきでしょう⁉　十二歳の私、気が利かなすぎだわ！

マリウス様との思い出は、全部記憶しているわ！　と思っていたけれど、そんなことを言ったなんて全然覚えていない。

でも、マリウス様が私のことをこんなにも細かく覚えていてくださったなんて嬉しい。

「もう少し奥に行こう。王族以外立ち入り禁止のガゼボがあるから、そこで休憩しようか」

奥に進むと、真っ白なガゼボが見えた。月明かりを反射して、光っているみたいでとても綺麗だ。

「素敵ですね」

「気に入ってもらえた？」

「はい、とても」

ガゼボの中は広い。でも私たちはお互いの距離を開けずに腰を下ろす。

「長い時間立っていたから、疲れただろう？　足は痛くない？」

「はい、大丈夫です」

マリウス様、お優しい……。

「それにしても、さっきのリジーの演奏は素晴らしかったよ。見惚れてついぼんやりしてしまった」

「ありがとうございます。今日のためにたくさん練習したので嬉しいです」

「昔は演奏が上手くいかないこともあったのが信じられないぐらいだったよ」

「む、昔のことは仰らないでください……でも、あの時にマリウス様が励ましてくださらなかったら、きっと今も私は最後まで弾くことができませんでした。今の私があるのは、マリウス様のおかげなんです」

あ、そうだわ。あの時……と言っても、かなり昔のことだもの。覚えていらっしゃらないかもしれないわ。

「あっ！　えっと、あの時と言うのは……」

「大丈夫、覚えているよ。大切な思い出だからね」

大切な思い出――。

胸の中が熱くなって、涙が出そうになる。

私の中の大切な思い出を、マリウス様も大切だと仰ってくださって嬉しい。

ああ、私ばかりが喜んで、幸せになってばかりだわ。どうすれば、マリウス様を喜ばせることが……アイリスお姉様と結ばれること以上に、幸せにして差し上げられるかしら。

「はい……私の中で、一番大切な思い出です」

唇が綻ぶ。するとマリウス様の綺麗なお顔が、ゆっくりと私の顔に近付いてくる。

えっ……！

恥ずかしくて、ギュッと目を瞑った。その瞬間、唇に柔らかな何かが触れる。

これって……。

すぐにキスされたのだとわかって、顔が熱くなる。

「……っ」

触れたのは一瞬だけだったけれど、とても柔らかかった。目を開けると、優しく微笑むマリウス様が映る。

「いきなりごめんね。嫌だった？」

「いえっ！　あの、とても嬉しかったです」

咄嗟に本音を口にした。

あっ……嬉しいっていうのは、なんだかはしたないかしら？　そういうことに興味がある子みたいに聞こえる？　ど、どうしよう。マリウス様にははしたないって思われた⁉

今頃後悔しても遅い。もう言ってしまった。取り消すことはできない。

「そんな顔をされたら、欲張りたくなるな……」

「え？　んっ……」

再びマリウス様が、唇を重ねてくる。

あっ……ま、また、してくださるなんて……幸せだわ。

ちゅ、ちゅ、と角度を変えながら吸われると、ふわふわしてくる。

「ん……っ……んん……」

ふわふわ夢心地で、すごく気持ちがいい。こんな感覚は生まれて初めてだった。

身体から力が抜けて、唇からも力が抜ける。するとマリウス様の舌が、私の口の中に入ってきた。

「んっ……！」

嘘！　マリウス様の舌が……。

驚いて舌を奥に引っ込めてしまった。でも、恐る恐る前に出すと、長い舌が絡まる。

ああ、なんて気持ちがいいの……。

唇を吸われ、舌を舐《な》められると、ますます身体から力が抜ける……いいえ、身体がとろけてしまいそう。

お腹《なか》の奥が熱くなって、トロリと何かが溢れるのがわかった。

これって、もしかして……。

女性は性知識を知らない方がいい。全てを男性に任せ、嫌と言わないこと。それが令嬢として最も理想と言われている。

でも、知らない方がいい……と言われると、知りたくなってしまうのは私だけ？　お茶会でそういった話をよく耳にするので、知識は割とあると思う。

今溢れたものはきっと、男性を受け入れるための蜜に違いない。

私の身体が、マリウス様を受け入れようと準備を整えている。まだ、結婚前なのに、淫らな気持ちになっているのね。

ああ、どうしよう。恥ずかしい。でも、止めようと思っても、マリウス様のキスはあまりにも気持ちがよくて抗《あらが》うなんて無理だった。

キスの感触に夢中になっていると、大きな手が胸に包み込まれる。

「ぁっ……」

私の声に反応して、マリウス様は手をお離しになった。

「ごめん。嫌だった？」

「いいえっ……！　いいえ、マリウス様になら私は、何をされても……」

慌てていたから、余計なことを口走ってしまう。

何をされても……は言い過ぎだったかしら⁉　それは事実なのだけど、マリウス様にはしたない女の子だと思われるのは嫌だ。

「そんなことを言っては駄目だよ」

「……っ」

やっぱり、はしたないって思われているのだわ。

悲しくて泣きそうになると、また唇を吸われた。

「そんな可愛《かわい》いことを言われたら、ここで裸にして、最後まで欲しくなってしまうよ？」

耳元で囁《ささや》かれ、心臓が大きく跳ね上がる。

はしたないって思われていなかった！

マリウス様がこんな淫らなことを仰るなんて！

嫌悪感はもちろん全くない。でも、マリウス様が淫らなことを仰った……ということに、なんだか変な高揚感を覚えてしまう。

「……なんてね」

「え？」

「怖がらないで大丈夫だよ。強引に迫ったりしないから……」

「あ……」

もしかして、からかわれてしまったのかしら。それを私ったら、本気にして……。

熱くなった頬《ほお》を両手で包み込んでいると、マリウス様が耳に唇を寄せてくる。

「だからと言って、今言ったことは冗談なんかじゃないからね。リジーに嫌われたくないから、我慢しているだけさ」

「マ、マリウス様っ」

抗議するように名前を呼ぶと、マリウス様が艶《つや》やかに微笑む。

この場で強引に……。

心臓が痛くなるぐらいドキドキしている。

でも、嫌いになんてならない。ずっと好きだったんだもの。なるはずがない。だから、マリウス様が望むようにしてほしい……なんて言ったら、マリウス様はどうお思いになるかしら？

恥ずかしくてとても言えそうにないけれど、想像して顔を熱くしてしまう。

「ところで、リジーにお願いがあるんだ」

「私に、ですか？」

私にできることといえば、演奏のお願いかしら？

「ああ、実は三週間後、ヤトロファ国の建国記念祭に、父の代理で行くことになったんだ」

「え？　アドリアン様はご出席されないのですか？」

「一か月ほど前に腰を痛めてしまって、今は普通に生活ができているけれど、完治したとは言えない状態なものだから、大事をとっておこうと言うことになって、僕が代わりに」

「そうだったのですね。馬車は揺れますものね」

ヤトロファ国……隣国とはいえど、馬車と船を使って四日はかかる場所だ。往復したらマリウス様は八日もいらっしゃらないことになる。

寂しい……。

「……それでなんだけど、リジーも一緒に来てくれないかな？」

「えっ！　わ、私もですか？　でも、私はまだ婚約者で、妻ではないのですが……いいのでしょうか」

「貴族同士の婚約は、もう婚姻しているのと変わりないよ。駄目かな？　ヤトロファ国と往復すると八日もかかるし、離れたくないんだ」

嬉しい……。

「はい、ぜひ、ご一緒させてください」

「よかった。ありがとう。明日、リジーのご両親にお願いの手紙を出して、後日直接伺ってお願いするよ」

「マリウス様はお忙しいでしょうし、私の方からお話ししておきましょうか？」

マリウス様からのお願いだと伝えれば、特に反対もしないはずだ。

「いや、こういうことは、きちんとしたいんだ」

こういうところが好きだと、改めて思ってしまう。

「ありがとうございます。では、お願いします」

翌日、マリウス様から手紙が送られてきて、数日後に直接お願いしにきてくださった。お父様とお母様はもちろん了承してくださったのだった。

八日もずっとマリウス様と一緒なんて、夢みたい。

「リジーお嬢様、新しいドレスも持っていきましょう。それから、うんと可愛らしいナイトドレスも」

「ど、どうしてナイトドレスを可愛らしいものにする必要があるの⁉」

過剰に反応する私を見て、サラが意味深な笑みを浮かべる。

「八日間も一緒に過ごすのですもの。もしかしたら……ということがあるかもしれませんわよ？　もちろん、旦那様と奥様には内緒に致しますから、ご安心くださいね」

「なっ……何を言ってるの！　サラったら……」

「いい香りのボディクリームも何種類か持っていきましょうね。マリウス様の香りのお好みがわかるといいのですが、ご存じですか？」

「し、知らないわ。もう……」

サラが変なことを言うから、この前の口付けや触れられたことを思い出して、顔が熱くなってしまう。

もしかしたら、サラの言うようなことがあったりしたら……ううん、そんなことあるはずないわよ。

こうして三週間後、私は彼と共に、ヤトロファ国へ向かった。

ヤトロファ国のことは隣国ということもあり、最低限の知識はある。

我が国の次に古い歴史がある小国で、海に面しているため貿易業が栄えている。かつては海を渡ってくる他国からの侵略に怯えていた。

でも、大陸一番の大きさと武力を誇る我が国と同盟を結んでからは、襲われる回数が激減し、平和に過ごせるようになったそうだ。

マリウス様との初めての旅行……とても嬉しい。でも、別の国だったらよかったのに。

というのも、ヤトロファは幽霊で有名な国でもあるからだ。

侵略者に殺された国民の霊があちこちに彷徨《さまよ》っていて、王族に助けを求めて城に集まると言われている。

うう、怖い。私、そういった話は苦手なのよ……！

昔、夜に星を見ようとカーテンを開けた時、たまたま飛んできた蝙蝠《こうもり》を幽霊と勘違いして、気絶したことがあるぐらいだ。

……なんて、贅沢よね。マリウス様と旅行に行けること自体が奇跡なのよ。幽霊の一体や二体、なんだっていうの！　出るなら出なさ……いや、ごめんなさい！　出ないでください！　今のはなしで！

あまり考えないようにしようと決め、ピアノの前に座る。

船の中に与えられた部屋には、ピアノやたくさんの本が用意されていた。ピアノは一日弾かないと指が動かしづらくなるので嬉しい。

椅子に座って、鍵盤に手を置く。

「リジーお嬢様、ピアノの練習ですか？」

「ええ、一時間ぐらいしようかしら」

マリウス様が王城から私のために何人か侍女を連れてきてくださると言ってくれたけれど、やっぱりいつもいるサラに傍に居てほしくて、彼女に来てもらった。

「さすがリジーお嬢様！　練習の後にお茶はいかがですか？」

「ええ、ありがとう。いただ……」

振り返ると、真っ青な顔のサラが、引《ひ》き攣《つ》った笑顔でフラフラの状態で立っていた。

「サ、サラ！　大丈夫⁉　どうしたの？」

「何がですか？」

「何がじゃないでしょう？　顔色が悪いわ。どうしたの？　具合が悪いの？」

「い、いえ、そんなことは……」

「誤魔化せると思っているの？　大丈夫？　ここに座って」

仕事中に休むわけにいかないという真面目なサラをなんとかソファに座らせる。

「……っ……実は、今回初めて気付いたんですが、船酔いする体質だったみたいで……馬車は平気なので、船も平気だと思ったのですが……申し訳ございません」

「大変……！　今、お薬を貰えるように頼んでみるわ！」

同船しているお医者様に酔い止め薬を処方してもらった。でも、あまりに酷い船酔いで症状は一向に良くならず、サラには自室で休むように命じた。

マリウス様が万が一のためにと王城の侍女を何人か連れてきてくださったので、身の回りで困ることはない。

ただ、サラにとにかく申し訳なかった。私がお見舞いに行くと無理をして身体を起こそうとするので、心配だけど、あまり行かないようにしている。

サラの部屋まで聞こえるかどうかはわからないけれど、気分がよくなるような曲を選んで弾いた。

サラの具合が少しでもよくなりますように……。

一通りピアノの練習をした後、用意していただいた本を読んでみることにした。

……と言っても、さっきから同じページばかり。窓から見える海が綺麗で、ついついそちらばかり眺めてしまっていた。

「あ、今何か跳ねたわ。魚かしら」

身を乗り出して見ていると、扉をノックされた。

「はい？」

『リジー、僕だよ。入ってもいいかな？』

「マリウス様！」

扉まで小走りで向かい、髪を直してから開ける。

「もちろんです。どうぞ」

「長い時間一人にしてごめんね。よかったら、お茶にしない？」

「マリウス様、ご政務お疲れ様です。ぜひご一緒させてください」

八日間一緒と言っても、ずっと一緒に居られるわけじゃない。

半日馬車の中では一緒だったけれど、船の中ではマリウス様にはご政務があるので、別室で過ごしている。

お会いできるのは、食事の時ぐらい。でも、今日はお茶もご一緒できるなんて嬉しい。

すぐにお茶とお菓子が用意され、マリウス様と一緒に窓際のテーブルで向かい合わせに座る。

「サラの調子はよくないみたいだね」

「ええ、薬も全然効かないみたいで……」

「うちの国の酔い止めは効かないけど、ヤトロファ国のは、効くかもしれないね。あちらに着いたら帰りの分を処方してもらおうか」

「はい、ありがとうございます」

「リジーは船酔いしていない？」

「ええ、大丈夫ですよ。マリウス様は大丈夫ですか？」

「僕も大丈夫だよ。むしろ馬車の方がきついかな。整備されていない道は、かなり揺れるしね」

「そうですね。私も馬車の方が辛いかもしれません」

まあ、マリウス様とご一緒できるなら、どんな乗り物でも喜んで乗っちゃうけど！　なんて。

「なかなか一緒に居る時間を取れなくてごめんね。退屈してないかな？」

「ご政務なのですから、お気になさらないでください。ピアノや本をご用意してくださったおかげで、充実しています。それに窓から見る海は綺麗ですし……お会いできなくても、マリウス様がすぐ傍に居らっしゃると思うと嬉しいです」

廊下ですれ違うかもしれない……なんて考えて、何かしら用を見つけて廊下に出たりしている。

実際にすれ違うことができなくても、その可能性があるだけでワクワクするのだ。

「僕もだよ。会いたくて、何度部屋を訪ねようと思ったか。……まあ、結局我慢できなくて、来てしまったけど」

「ふふ、お会いできて嬉しいです」

本当はお姉様のことが好きなのに、私のことを考えてくださっていることも嬉しい。

たくさん用意されたお菓子の中から、真ん中に苺《いちご》ジャムが入った花の形をしたクッキーを選んで口に運ぶ。サクッとしていて、口の中でホロホロ崩れて、甘酸っぱい苺の味が広がる。

「ん、美味しい」

「じゃあ、僕も」

ああ、召し上がる姿も素敵……。

「うん、美味しいね。でも、僕はリジーの作ってくれたクッキーの方が好きだな」

「あ、ありがとうございます……」

お世辞でも嬉しいわ。

照れ隠しにもう一つクッキーを口に入れようとしたら、マリウス様が私の手からクッキーを取る。

「マリウス様？」

「はい、食べさせてあげる」

「えっ……ええっ⁉」

マリウス様が、私に……⁉

「ほら、口を開けて」

「は、はい」

口を開けると、マリウス様がクッキーを食べさせてくださった。

「ふふ、リジーの口は小さくて可愛いなぁ……美味しい？」

「……っ……お、美味しい……です」

嘘、ドキドキしすぎて、味なんてわからなかったわ。

「じゃあ、もう一つどうぞ」

マリウス様はまたクッキーをつまみ、私の口元に持ってくる。しかも、二度じゃすまなかった。彼は何枚も私の口にクッキーを運んできた。

食べさせていただけるのは嬉しい。でも、さすがにこれ以上は太ってしまうわ。

「私はもうお腹いっぱいなので、今度はマリウス様がどうぞ」

私もマリウス様に食べさせてあげたい。

ドキドキしながらクッキーをつまんで、マリウス様のお口に運ぶ。

「ありがとう。じゃあ、頂くよ」

唇を見ていると、マリウス様としたキスを思い出してしまって顔が熱くなる。

い、意識しては駄目！　マリウス様は鋭いお方だから、気付かれてしまうわ！　キスのことを思い出しているなんて知られたら、恥ずかしい！

でも、そう思うほどに思い出してしまう。しかも召し上がる時に指先がわずかに唇に当たって、この前の鮮明な感触までよみがえった。

「うん、リジーに食べさせてもらった方が美味しい」

ああ、なんてことを仰るの……！

お姉様に食べさせていただいたなら美味しく感じるはずだけど、私が食べさせて差し上げても美味しいはずがない。本音じゃないってわかっていても、胸がキュンとしてしまう。

「……っ……えっと、もう一つ……いかがですか？」

クッキーをもう一つ掴もうとしたら、マリウス様が私の手を握って指を絡めてきた。

「あっ……」

「クッキーじゃなくて、こっちがいいな」

マリウス様が綺麗なお顔を近づけてきて、私の唇を吸った。

「ん……っ」

ちゅっという音が響いて、顔が熱くなる。

「クッキーよりも甘いね」

「マ、マリウス様……んんっ」

再び唇を吸われ、私は何も言えなくなってしまう。

本当だわ……。

マリウス様の柔らかな唇は、クッキーどころか砂糖よりも甘く、ずっと吸っていたい中毒性があった。

このまま、ずっとこうしていたい――。

それから間もなくご政務に戻ってほしいとノア様が尋ねてこられて、夢のような時間は終わってしまった。

でも、マリウス様が帰った後も私は、彼が唇に残してくれた甘い余韻に浸って、胸をときめかせていた。

◆◇◆

ヤトロファは雨が多い国で湿度が高く、気温はとても低い。

初めてこの国に来た人は、体調を崩すことが多いらしい。カトレアとは真逆の気候に少し戸惑ったものの、私もマリウス様も幸いにも体調を崩すことはなかった。

とても緊張したけれど、マリウス様が支えてくださったおかげで、建国記念祭を無事に終えることができた。

部屋に戻るとドッと疲れが押し寄せてくる。

今すぐにでも横になりたくなるのを堪えて入浴を済ませ、寝る準備を整えた。

「リジーお嬢様、ヤトロファはうんと冷えますから、しっかりと肩までブランケットをかけておやすみくださいね」

「ええ、まだ本調子じゃないのに、遅くまでありがとう」

何日も船酔いに苦しんでいたサラは、少し痩せてしまっていた。ヤトロファの気候が合わなくて、さらに具合が悪くなったらどうしようか心配だったけれど、彼女も私たちと同様に大丈夫だったらしい。

でも、帰りの船が心配……。

ヤトロファ国城のお医者様から酔い止め薬を処方してもらったので、こちらは効くことを祈るしかない。

「サラ、無理させてしまったんじゃないかしら。まだ休んでいてよかったのよ？」

「とんでもございません！　リジーお嬢様のお世話をさせていただけるのが、私の一番の楽しみなのですよ。それに船の中であれだけ休んだのですから、動かないと身体がおかしくなってしまいます」

「いつも本当にありがとう。でも、無理しないって約束して？　サラの気持ちは嬉しいけれど、サラが辛い思いをするのは絶対に嫌だわ」

「ありがとうございます。お約束します。それでは、おやすみなさいませ」

「ええ、おやすみなさい。ゆっくり休んでね」

サラが部屋から出ていくと、耳が痛くなるぐらい部屋が静かに感じた。

用意された部屋は来客用に相応《ふさわ》しく、とても広くて、豪華な調度品があちこちに飾られている。

どれも歴史を感じるものばかり。だけどよく手入れされているのがわかる。女神と天使が描かれた大きな絵が壁一面に飾られていて、なんだかその目がこっちを見ているみたいで恐ろしい。

「……っ」

どうしよう。怖い話を思い出しちゃったわ……。

何かが居るような気がして左右を向くのが怖い。

壁にかかっている鏡に自分以外の何かが映りそうで怖い。

目の前に飾られている絵が怖い。目が動きそうな気がする。かといって明かりを消して真っ暗するのはもっと怖い。

サラに戻ってきてもらう？

ううん、駄目！　船酔いでやつれたのに、これ以上面倒をかけたら倒れてしまうわ。早く寝ましょう。疲れているから、横になって目を瞑ればすぐに眠れるはずだわ。

「うっ……」

ブランケットをめくったら、何かが居そうな気がして怖い。

ああ、どうしよう。私、神経が過敏になっているわ。

ベッドに入れないまま固まっていると、扉を叩く音が聞こえて飛び上がった。

「きゃあっ！」

思わず叫び声をあげてしまう。

『リジー！　どうした!?』

扉の向こうから聞こえてきたのは、マリウス様のお声だった。慌てて扉に駆け寄り、鍵を開ける。

「マリウス様……っ」

「大丈夫？　何かあったの？」

マリウス様のお顔を見ると、安心してホッとした。

「お、大きな声を出してごめんなさい。ただ、幽霊……いえ、誰か訪ねてくるなんて思わなくて、驚いてしまって……」

さすがに幽霊かと思って驚いただなんて、子供っぽいことは恥ずかしくて言えなかった。

「あ、驚かせてごめん」

「いえ！　あの、それでこんな時間にどうなさいました？　何かございましたか？」

マリウス様はガウンを羽織っただけのお姿だった。

ついさっき入浴していたのだろう。御髪《おぐし》はまだ毛先が少し濡れていて、それにいい香りがする。

いつもいい香りだけど、もっと……って、男性の香りを嗅ぐなんてはしたないわ！　……でも、もう少しだけ。

「ああ、この国にはちょっとした怖い話が言い伝えられているだろう？」

「え、ええ、そうですね」

「リジーは小さい頃から怖い話が苦手だったから、今頃一人で不安な思いをして眠れないんじゃないかと思って心配で来てみたんだ」

マリウス様に怖い話が苦手だとお話したことは一度もないはずだから、お姉様から耳に入ったのだろう。

恥ずかしいと同時に、好きな人の妹っていうだけの私のそんな些細《ささい》な話も覚えていて、気にかけてくださるなんて嬉しい。

「ありがとうございます。でも、だ、大丈夫です」

マリウス様、嘘を吐いてごめんなさい！　私、ものすごく怖いです！

「本当に？」

「え、ええ、私、もう大人ですもの。そういうのは、もう大丈夫になりました」

本当に大丈夫になれていたらよかったんだけど……ああ、もう、どうして私は大人になったのに幽霊が怖いのよ！

にっこり笑おうとする。でも、顔が引きつる。

「そう、じゃあ、僕は部屋に戻るよ」

嫌！　行かないで！　また一人になったら、怖すぎておかしくなるわ！

マリウス様の背中に手を伸ばしそうになったけれど、慌てて引っ込める。

リジー、駄目よ。あなたはもう十六歳でしょう⁉

小さい頃とは違う。夜に大人の男性に一緒に居てほしいだなんて、いくら婚約しているとはいえ、未婚の女性がそんなことを頼むなんてはしたない。絶対に言ってはいけないことだ。

「……っ……え、ええ、おやすみなさい」

「ああ、そうだ。ちなみにこの部屋では、何人もの人が幽霊を目撃していると聞いたけれど、リジーなら大丈夫だよね。おやす……」

「ひぃっ……！　マママママリウス様、いっ……行かないでください！　なんでそんなこと仰るんですか⁉　さっきから怖くて眠れなくて……それなのにそんなこと言われたら、なおさら怖いです！　お願いします！　ここに居てくださいっ！　なんでもしますからっ！」

恐怖のあまり頭が真っ白になって、出て行こうとするマリウス様の背中にしがみついた。すると彼がクスクス笑い出す。

「マ、マリウス様？」

「ふふ、ごめん。嘘だよ。幽霊なんて出ないから安心して」

「なっ……ど、どうしてそんな嘘を……っ」

おかげでこの歳になってもまだ幽霊が怖いなんてことを告白してしまった。

絶対に子供っぽいって思っていらっしゃるわ！　恥ずかしい……！

マリウス様は扉を閉めると、私の頭を優しく撫でてくださった。

「こんな嘘でも吐かないと、リジーが本当のことを教えてくれなさそうで」

「う……あ、当たり前じゃないですか。大人なのに幽霊が怖いだなんて、子供っぽいですし、恥ずかしいです……」

結局は告白する羽目になってしまったけれど……。

「そんなことないよ。誰だって大人になっても、怖いものはあると思うよ」

「そうでしょうか……」

「うん、そうさ。ちなみにあの父上でさえ、子供の頃からずっと怖いものがあるんだよ」

「国王陛下が？」

「ああ、蛙《かえる》が苦手なんだ。部屋に蛙が入り込んだ時はこの部屋はもう使えないって大騒ぎしたことがあるんだ。内緒だけどね」

「えっ！　蛙？」

意外だった。アドリアン様はとても凛々《りり》しく威厳のある方で、蛙が苦手なんて信じられない。

「小さい頃、雨上がりに庭を散歩していたら、大きな蛙が飛んできて顔面にへばりついたことがあったらしくて、それ以来苦手だそうだよ。ちなみに毒蛙だったみたいで、そのあと酷く腫れて、高熱を出したらしい」

自分に置き換えて想像したら、血の気がサァッと引いていく。

「なんてお辛い思いを……それは苦手になっても仕方がありませんね……」

今この瞬間、私も蛙が苦手になりそうだわ。

「だろう？　だからリジーだって怖いものがずっと苦手でも普通で、全く恥ずかしくなんてないよ。人には誰しも克服できないものがあるのだから」

「ありがとうございます。実はサラが居た時は平気だったんですけど、一人になったら怖い話を思い出してしまって、明かりを消すのも怖いですし、ベッドの中に何かいるんじゃないかって怖くて横にもなれなくて……」

「じゃあ、今夜は一緒に眠ろうか」

「えっ⁉」

行かないでと言ったのは自分なのに、あからさまに驚いてしまう。

「それとも、自分の部屋に帰った方がいい？」

「ま、待ってください！　一人にしないでくださいっ！」

必死に懇願すると、マリウス様がクスクス笑う。

「ごめん、嘘だよ。リジーに『帰らないで』って言ってもらいたくて」

「どうして、そんな……」

「それはもちろん、可愛いし、そう言われると嬉しいからだよ。でも、頼まれても帰るつもりはなかったけどね」

かっ……可愛い……！　可愛い……！　可愛い……！

嬉しすぎて、頭の中で繰り返してしまう。

顔が熱い。幸せで胸がいっぱいになり、幽霊のことなんてどうでもよくなってきた。

「あの、私がソファを使いますので、マリウス様はどうぞベッドをお使いください」

「女の子をソファで寝かせるなんてできないよ。リジーが使って」

「いえ！　そんな！　マリウス様をソファで……だなんてできません！　私は身体が小さいですし、ソファでも十分足を伸ばして休めますので」

「というか、一緒にベッドで休めばいいんじゃないかな？」

「いっ……一緒に⁉　マリウス様と私が……けっ……けっ……結婚前なのに、ですか？」

「うん、嫌かな？」

勢いよく首を左右に振った。

誰にはしたないと思われてもいい。長年マリウス様を好きだった私が、この幸運を逃すはずがない。

「ちっとも嫌なんかじゃありませんっ！」

「よかった。それに離れて眠るよりも、近くで眠った方が怖くないんじゃないかな？」

「そ、そうですね。近くの方が怖くありません」

ごめんなさい。もう恐怖よりもドキドキの方が上回っています。

マリウス様が羽織っていたガウンをお脱ぎになり、シャツとトラウザーズだけの無防備なお姿になる。

あっ……ど、どうしよう。目のやり場に困るわ！

宝石一つ身に着けていないのに、とても華やかに見える。

ああ、なんて素敵なの……。

目のやり場に困ると思いながらも、ついつい横目で積極的に見てしまう。

マリウス様はベッドに横になると、手招きなさる。

「ほら、おいで」

なんて甘い響き……。

ワインを飲んだ時のように頭がポーッとして、足元がふらつく。

「は、はい」

ベッドに入ると、マリウス様が私の腰に手を回し、ギュッと抱きしめてくださった。

「あっ……」

「こうすれば、もっと怖くないだろう?」

「は、は、はい」

心臓がものすごい音で脈打っている。

ドキドキどころかドッドッドッという音で、少し息苦しい。

マリウス様に聞こえてしまわないかしら?

「幽霊に感謝しないといけないね」

「え?　どうしてですか?」

「リジーと一緒に眠る口実ができたからさ」

心臓が大きく跳ね上がって、またさらに速くなる。こんなに高鳴ってしまって、破裂してしまったらどうしよう。

マリウス様が本当にこうして寝たいのは、お姉様だってわかっている。でも、こうして気にかけてくださるのが心から嬉しい。

「マリウス様、ありがとうございます。私も生まれて初めて幽霊に感謝しました」

「どうして?」

まさか聞き返されるとは思わなかった。

「……っ……お、お聞きにならないで……」

「聞きたいな」

マリウス様が髪を撫でてくださる。

いい香りに、低くてどこか甘い声、地肌に伝わる大きな手の平の感触はあまりにも甘美で、自白剤を飲まされたかのように正直になってしまう。

「幽霊のおかげで、マリウス様が来てくださったからです……マリウス様とこうして一緒に眠れるなんて夢みたいです……さっきは怖くて眠れませんでしたけれど、今はドキドキし過ぎて、さっきとは別の意味で眠れそうにないです」

さっきまで目が動き出しそうな気がして怖かった絵も、恐ろしい物が映りそうで怖かった鏡も、どうでもよくなっていた。

「そんな可愛いことを言われたら、僕も眠れそうにないな。……ねえ、リジー……こちらを向いて？」

「は、はい……」

顔を上げると、マリウス様がちゅっと唇を重ねてくださる。

「んっ……」

あっ……ま、また、今日もキスしていただけるなんて嬉しい。

「眠くなるまで、こうしていようか」

「ん……は、は……い……んんっ……」

ちゅっちゅっと音を立てて唇を吸われる。そのたびに身体の奥がジンと痺《しび》れて、火を付けられたように熱くなっていく。

「柔らかい唇だね。この間触れてから、この感触が忘れられないんだ。ずっと触れたくて堪《たま》らない。毎日触れたい」

「私も……です」

「本当に？　嬉しいな……もっと吸わせて……」

何度も唇を吸われ、秘部が潤んでいくのを感じる。

マリウス様の唇こそ柔らかくて……ああ、触れるとこんなにも気持ちがいいわ。

さっきまで幽霊に怯えていた私が、今の私を見たらさぞ驚くことだろう。

甘いキスにうっとりしていると、長い舌が入ってきて私の舌と絡んだ。

「んんっ……！」

す、すごい……。

マリウス様の舌が動くと、ヌルヌル擦れて気持ちがいい。

「んぅっ……んっ……んんっ……」

刺激されているのは口の中なのに、そこだけじゃなくて全身が気持ちいい。

浴槽に疲れた身体を沈めた時や、日向《ひなた》ぼっこをしている時の気持ちよさとは違う。官能的なものだ。

ああ、心臓が本当にどうにかなってしまいそう。

「……っ……マリウス……様……」

「ん？」

「わ、私、ドキドキしすぎて、心臓がおかしくなってしまいそうです……」

マリウス様は目を細め、私の上に覆《おお》い被《かぶ》さった。

「それは大変だ。よく見せてもらえる？」

「見せる？　あっ」

ナイトドレス越しに左胸に触れられ、その意味に気付いた。

「……っ……は、はい……どうぞ、ご覧になってください……」

大きな手が私の胸にゆっくりと食い込み、離れ、また食い込んでくる。くすぐったくて、でも、それが堪らなく心地いい。

サラの言う通りになってしまったわ……。

「本当だ。すごくドキドキしているね」

「ぁっ……んんっ……は、はい……」

この前触れられた時は、ドレスの下に硬いコルセットを付けていたから、触れられていることはわかっても、細かな感触までは伝わってこなかった。でも、今は布一枚の隔たりしかない。

マリウス様の指の感触どころか、体温まで伝わってくる。

指が動くのと同時に、変な声が出てしまう。

やだ、恥ずかしい……。

顔を背けて口元を手で押さえていると、マリウス様が耳元に唇をお寄せになった。

「せっかくの可愛い声なんだ。我慢しないで」

耳に熱い息がかかって、低くて甘さを含んだ声が鼓膜を震わせる。こんな風に囁かれては、どんなことでも従ってしまいそう。

「こちらを向いて。手じゃなくて、僕の唇にキスをさせて」

「は、い……んんっ……」

柔らかな唇が私の唇を塞ぎ、舌が深く入ってくる。それと同時に大きな手が動いて、私の胸を淫らな形に変えた。

胸の先端がムズムズして、さっき以上にくすぐったく感じる。そこを撫でられ、軽く抓《つま》まれたことで、尖《とが》っていたことに気付く。

「ぁんっ！」

抓んだ瞬間に唇をお離しになられたから、大きな声が出てしまう。

「リジー……もっとよく見たいんだ。脱がせてもいいかな？」

マリウス様に触れられている左胸が、ドキッと大きく跳ね上がった。

脱がせるということは、つまり……。

期待、羞恥、戸惑い——さまざまな感情で胸がいっぱいになる。でも、一番大きかったのは、好きな人に触れてもらえる期待だ。

マリウス様の問いかけに、私は頷《うなず》いて答えた。

「はい……マリウス様のお好きにしてください」

「嬉しいよ。でも、無理していない？」

心配してくださるなんて、マリウス様は本当にお優しい方……。

「私も……その、嬉しいです。マリウス様に触れていただけるのが……恥ずかしいですけれど、それ以上に……」

私、こんなに幸せでいいのかしら？　マリウス様を幸せにしたいのに、本当に私ばかりが幸せな思いをしているわ。

「その言葉で、ますます嬉しくなってしまうよ」

ナイトドレスのボタンを一つ、また一つとゆっくり外されていく。全てのボタンを外され、左右に開かれると、胸が露《あら》わになった。

「ぁっ……」

胸の先端はツンと尖って、ナイトドレスが擦れただけでも感じてしまうぐらい敏感になっていた。

「綺麗な胸だね。白くて、きめ細やかな肌で……とても柔らかい」

「あっ……マリウス様、灯《あか》りを消してください……」

「このままじゃ駄目かな?」

すっかり忘れていた幽霊への恐怖を思い出す。でも、恐怖より興奮の方がうんと強い。

「でも、恥ずかしくて……」

「暗くしたら幽霊が出てくるかもしれないよ。幽霊は暗闇が好きだしね。幽霊にリジーの裸は見せたくないな」

持ち上げるように揉《も》まれると、より先端が目立って恥ずかしい。それと同時に興奮に火が付くのがわかる。

「この感じやすくて、とても可愛いピンク色の乳首も幽霊には見せたくないな」

胸の先端をペロリと舐められると、甘い刺激がそこから全身に広がって、大きく身体が跳ね上がった。

「ぁんっ！」

マリウス様は胸の先端を舐めながら、反対側の胸の先端を指で抓み転がす。

「消さなくてもいい？」

濡れた胸の先端に、マリウス様の吐息がかかってくすぐったい。

お聞きになっている間も指は動いていて、甘い刺激を絶え間なく与えられた私は、未知の感覚に翻弄され、夢中になっていた。

「んんっ……は、はい……恥ずかし……ですけれど、どうかマリウス様の……んんっ……お好きに……なさって……ぁんっ……く、ください……」

「ああ、リジー……嬉しいよ。なんて可愛くて、色っぽいんだ」

マリウス様が喜んでくださっていることが伝わってきて、胸が熱くなる。

私でも、マリウス様を喜ばせることができるのね……。

「マリウス様……私、マリウス様に、喜んでいただきたいです……」

「僕に？」

「はい……でも、マリウス様に喜んでいただけることがどういうことなのか、難しくて……何かございましたら、教えてくださいませんか？」

本当なら、自分で考え付くのが一番なのだろうけれど、気持ちが焦ってしまう。

早く、もっと、マリウス様に喜んで頂きたい……！

「僕はリジーが傍に居てくれるのが一番喜ばしいことだよ」

マリウス様は思慮深くて優しいお方だ。聞いたところで、教えてくださるはずがない。

「そんなことを仰らずに……ぁっ……」

お腹にキスされ、くすぐったくて身体がビクンと跳ね上がる。

「嘘だと思ってる？　本当のことだよ。それからこういう色っぽい姿を見られるのも嬉しいし、肌に触れさせてもらえるなんてとても幸福なことだ」

ドロワーズの紐《ひも》を解かれ、ゆっくりと下ろされる。濡れていることが知られてしまう。

「あっ……マリウス様、ま、待って……お待ちください……」

恥ずかしくて、咄嗟にマリウス様の手を掴んでしまった。

「見せてくれたら、嬉しいな。駄目？」

すごく恥ずかしい。でも、マリウス様が喜んでくださるなら……。

「だ、駄目じゃないです……マ、マリウス様のお好きになさってください……」

「ありがとう」

快感と羞恥で涙がにじんだ視界に、マリウス様の微笑むお顔が映る。見惚れていると、ドロワーズを脱がされた。

マリウス様は私の恥ずかしい場所に生えている毛を指先で撫でると、目を細める。

「あっ……そ、そんなところ、可愛いはずが……」

「とても可愛いよ。慎《つつ》ましくて、割れ目が見えてる。こうして滑らせたら、すぐに指が埋まりそうだ」

長い指が割れ目の間に入ってくると、今まで以上の快感がやってきた。

「ぁっ……はぅっ……」

「ほら、ね？」

指が動くたびに、どんどん気持ちよくなって、奥から蜜が溢れてくるのがわかる。

「ぁっ……んんっ……ぁっ……はぅっ……んっ……」

自分のものじゃないみたいな声、それに淫らな水音が響いて恥ずかしい。

「こんなに濡れてくれていたなんて……ああ、嬉しいよ。リジー……」

長い指がある一点に触れると、頭が痺れるような快感が襲ってくる。

「あぁっ……！　や……気持ち……ぃっ……」

「ここが気持ちいいんだね。たくさん触らせて」

マリウス様の指がそこに触れるたびに、おかしくなりそうなほど気持ちいい。足元から何かがゾクゾクと這《は》い上《あ》がってくるのを感じた。

　こんな経験初めてなのに、どうしてだろう。この何かが頭の天辺《てっぺん》までいけば、もっと気持ちよくなれるとわかる。

「プリプリして可愛い。ずっと触っていたいよ」

「んっ……ぁっ……ぁんっ！　ん……あぁっ……」

ああ……私、なんてはしたないの？　ずっと触っていてほしいと願ってしまう。

「ふふ、触っていたら、少し大きくなったね。ああ、なんて愛《いと》おしいんだ……」

そこをわずかに抓まれた瞬間、お尻と腰を彷徨っていた何かが一気に駆け上がってきて、頭の天辺を貫いて出て行った。

「はんっ……ぁっ……あぁぁぁぁっ！」

大きなはしたない声を上げてしまう。

汗がドッと噴き出して、身体から力が抜けた。もう指一本動かせそうにない。

「達《い》ってくれたんだね。嬉しいな」

達って――。

その意味を私は知っていた。

これが噂の……。

天にも昇るような感覚だと聞いていたけれど、噂以上の快感だった。

マリウス様の指は、ねっとりとしたもので濡れていた。まるっでハニーポットの中に指を入れたみたい。

あれ、全部私の……。

「ご……ごめんなさい」

「なぜ謝るの？」

「マリウス様の指を……よ、汚してしまって……」

今すぐに拭き取りたいのに、身体が言うことを聞いてくれない。瞬きをすることで精いっぱいだった。

「汚しただなんてとんでもない。とても清らかなものだよ」

マリウス様はにっこりと微笑むと、指についた私のものをペロリと舐めとった。

「や……っ……そ、そんなもの、舐めてはいけません……っ！　ふ、拭いてください……お願いします……っ」

「それはいくらリジーの願いでも叶《かな》えてあげられないな。拭くなんてとんでもない。勿体《もったい》ないだろう？」

そんな貴重な物のように仰るのはやめてほしい。

「駄目です……もう、おやめになって……」

マリウス様はお願いを聞いてくださらず、結局指に付いた蜜をすべて舐め取った。

ああ、マリウス様のお口を穢《けが》してしまったわ……。

申し訳のない気持ちの他に、興奮する気持ちもあって、新たな蜜がまた溢れるのを感じる。

「リジー……ここも見せて」

力の入らない膝に、マリウス様の熱い手が置かれる。

「あっ……」

〝ここも〟って、もしかして……。

左右に開かれ、予想していた場所に彼の視線が注ぐ。

「ああ、なんて可愛いんだ」

胸を見られた時も恥ずかしかったけれど、ここはさらに恥ずかしい。

「そっ……そんなところ、可愛いわけありません……」

「リジー、キミはどこもかしこも可愛いよ」

太腿《ふともも》の内側をチュッと吸われると、くすぐったくてゾクゾク肌が粟立《あわだ》った。

「んんっ……」

足の間にマリウス様の綺麗なお顔がある。

その光景はとても扇情的で、見てはいけないような気がした。それにとても恥ずかしくて、つい目を逸《そ》らす。

「愛らしいピンク色が蜜に濡れて……ああ、なんて色っぽいんだろう」

さっきまで指で可愛がられていた場所に、指ではない熱い何かが触れた。あまりにも強い快感が襲ってきて、背中が弓のようにしなる。

「ひぁっ……⁉」

足の間にサラサラした何かが当たって、柔らかくて熱いものが花びらの間をなぞっている。

これって、まさか、マリウス様の……。

チュッと吸われたことで、そのまさかだということに気が付いた。さっきから勘がよく当たってしまう。

「や……ぁんっ……んっ……だ、だめ……ぁっ……い、いけません……そんな……っ……ん……そんなところを舐めては……あぁっ」

「どうして？　ここを舐められるのは、気持ちよくない？」

首を左右に振った。

すごく……すごく気持ちがいい。でも、こんなところをマリウス様に舐めていただくなんて、いけないことだ。

「じゃあ、いいよね」

一番敏感な場所をチュッと吸われ、大きな声が出てしまう。

いけない。でも、気持ちよすぎて拒めない。

「ぁっ……だ……め、です……ぁっ……んんっ……は……んんっ……ぁんっ！　ぁっ……おかしくなっちゃ……ぁっ……あぁっ……！」

また足元からゾクゾク何かが這い上がってきて、私は快感の高みへ昇った。

「また達ってくれたんだね。ああ、なんて可愛いんだろう」

「マリウス様……」

「ん？」

お顔をあげたマリウス様は、私の蜜で濡れた唇をぺろりと舐め、髪をかき上げながらお返事をしてくださる。

その仕草がとても色っぽくて、目が離せない。

「わた、し……ばかりっ……幸せ……で、気持ちよくて……マリウス様にも……幸せになって頂きたいのに……」

身体中の力が抜けて、唇すらも満足に動かせない。息切れしているせいで、余計に上手く話せない。

「リジーが幸せになってくれて嬉しい。でも、僕もすごく幸せなんだよ」

マリウス様は身体を起こし、私の唇に優しいキスをしてくださる。

「でも、私の方がずっと幸せです……どうしたら、もっとマリウス様を幸せにできますか？」

大好きなマリウス様……お姉様と一緒になれない苦しみを味わって、お可哀そう。どうか私以上に幸せになってほしい。

「今でもリジー以上に幸せな自信があるのに、リジーはもっと僕を幸せにしてくれるって言うの？」

「はい、教えてください……」

「じゃあ、我儘《わがまま》を聞いてくれる？　聞いて嫌だったら、もちろん断っても構わないから」

すぐに頷くと、蜜で溢れる膣口《ちつ》を長い指先で触れられた。

「あっ……」

「結婚式を待たずに、リジーと一つになりたい」

耳元で囁くように言われると、ゾクゾクする。断るわけがない。私はまたすぐに頷いた。

「本当に？　無理していない？」

しまった。少しは考えるふりをした方がよかった？　一つになりたいことをすぐに了承するなんて、はしたなくお思いになったかしら。

でも、そんな駆け引きをしている余裕なんてなかった。だって、私だってマリウス様と一つになりたい。これ以上待てない。だって、ずっと好きだったのだから……。

「無理なんてしていません。ですから、マリウス様……」

勇気を出して広い背中に手を回して、マリウス様に抱きついた。

ああ、なんて温かくて、逞《たくま》しいお身体なんだろう。

「ありがとう。嬉しいよ」

男性を初めて受け入れる時、とても痛いと聞く。でも、どんな痛みでも耐えられる自信があった。痛みに強いわけじゃないけれど、好きな人と一つになれる喜びはそれ以上だと思う。

とうとう私、マリウス様と……ああ、夢みたい。

ドキドキしながら待っていた。でも、マリウス様は一向に動かれる気配がない。

あ、あら？

「マリウス……様？」

「……ごめん。早く一つになりたい気持ちは山々なんだけど、リジーが抱きついてくれたのが嬉しくて、つい堪能してた」

「あっ……」

抱きついた……と言われると、途端に恥ずかしくなってしまう。マリウス様から手を離すと、

「ちょっと名残惜しいな」と苦笑いされる。

マリウス様がお脱ぎになられる姿から、目が離せない。鍛え上げられた逞しい胸板や腹筋、男の人の身体……。

トラウザーズに手をかけた瞬間、ハッと我に返って目を逸らした。

好きな人の身体がどうなっているのか気になる。でも、そこは……そこは見てはいけない気がする。

衣擦《きぬず》れの音を聞きながら左胸を押さえていると、マリウス様が覆《おお》いかぶさってきた。

「胸が苦しい？」

「苦しくないです。でも、ドキドキしてしまって……」

「緊張してるんだね」

マリウス様が優しく髪を撫でてくださるから、心地よくてため息がこぼれた。

「大丈夫だよ。僕に任せて」

「はい……」

右足を持ち上げられ、そこに大きな熱いものを宛《あて》がわれた。

「……っ……ぁ」

心臓の音がさらに大きくなる。

想像以上の大きさに、戸惑ってしまう。

これがマリウス様の……。

「怖い？」

心配そうなお顔を見て、慌てて首を左右に振った。

「いいえ……た、ただ……」

「ただ？」

「その……大きくて、驚いてしまって……」

マリウス様がクスクス笑うので、恥ずかしくなる。何か変なことを言ってしまったのだろうかと内心焦っていたら、優しく髪を撫でてくださった。

「ごめんね。リジーがあまりにも可愛くて」

「……っ？」

大きさの感想をお伝えすると、可愛いの？　どうして？

混乱して何も言えない私の唇をマリウス様はちゅ、ちゅ、と吸った。

「入れるよ。力を抜いて」

「は、はい……」

とうとう私、マリウス様と……。

宛がわれた欲望が私の中に入ってきた瞬間、痛みで目の前が真っ赤に染まる。

「い、痛……っ」

想像以上の痛みだった。力を抜くように言われたのに、全身が強張《こわば》ってしまう。

「痛い思いをさせてごめん……」

マリウス様はすぐに入れるのをやめて、私の髪を優しく撫でて、頬にキスしてくださる。

「大丈夫……です……ですから、マリウス様……やめないで……ください」

想像以上に痛かったけれど、耐えられない痛みじゃない。マリウス様と一つになれない方がずっと辛い。

「リジーの痛みを僕が引き受けられたらいいのに……ごめんね」

ああ……。

そのお言葉で、どんな痛みでも我慢できる気がする。

「もう少しだけ、頑張って……」

マリウス様は優しく髪をなでながら、私の中をゆっくり進んでいく。

「……っ……んぅ……」

進んでいくたびに、痛みが強くなる。痛いと言ったらマリウス様を心配させてしまうので、その言葉だけは口にしないようにした。

「リジーよく頑張ったね。全部入ったよ」

ついに私、マリウス様と一つになれたのね。

痛みのあまり滲《にじ》んだ涙に、嬉しさの涙が合わさる。

「嬉しいです……マリウス様……」

「僕もすごく嬉しい。でも、ごめんね……動かないと終われないから、まだ痛い思いをさせてしまうよ……」

「謝らないでください。痛くても、平気です」

「ありがとう。なるべく長引かせないようにするから……」

マリウス様が言った通り、動き始めるともっと痛くなる。

「んんっ……ぁっ……ひぅっ……んんっ……」

動くたびに腰骨が軋《きし》んで、悲鳴のような声が出た。繋《つな》がっているところは痛みを通り越して、熱くて、ジンジンと痺れているみたい。

「リジー、ごめんね。もう少しだけ、頑張って……」

黄金色の髪が揺れる。神秘的な紫色の瞳が私を見つめてくださっている。呼吸を乱して、時折零《こぼ》されるお声がとても色っぽくて……。

「僕ばかり気持ちよくなってしまってごめんね。慣れたら、二人一緒に気持ちよくなれるから

「……」

マリウス様が気持ちよくなってくださってる……。

嬉しくて、胸の中が熱くなっていく。

やがてマリウス様は少しだけ動きを速めると、引き抜いて私のお腹の上に情熱を放った。

「リジー、終わったよ。頑張ってくれてありがとう」

ああ、終わったのね……私、マリウス様とついに一つになれたんだわ。永遠にそんな日はくると思っていなかったのに、夢みたい。

意識が遠のいていく。

ああ、駄目……こんな姿のまま、眠ってしまうなんて。でも、とても抗うことのできるような眠気じゃなかった。

頭の中に、もう幽霊のことなんて微塵《みじん》も残っていなかった。頭の中はマリウス様でいっぱい。

人生で一番の痛みだった。でも、人生の中で一番幸せな日だった。

第三章　幸せにする方法

マリウス様と初めて身体を重ねた翌日、私たちはヤトロファ国城を後にした。

カトレア国へ向かう船の中、私はいつものようにピアノの練習に励む。

「リジーお嬢様、素晴らしい演奏でした」

「ありがとう。マリウス様がピアノをご用意してくださったおかげで、しっかり練習できて助かるわ。それよりもサラ、船酔いは平気？」

「はい、ヤトロファ国で処方していただいた薬がよく効いていて、行きの具合悪さが嘘のようです」

酷かった顔色はすっかり良くなって、生き生きと働いてくれている。

「よかったわ。今度船旅がある時には、ヤトロファ国から酔い止めを取り寄せることにしましょう」

「ありがとうございます。行きはご迷惑をおかけして申し訳ございませんでした」

「迷惑なんかじゃないわ。心配はしたけどね。サラはいつも元気じゃないと悲しいわ」

「リジーお嬢様、ありがとうございます。いつまでも元気でいますので、長らくお仕えさせてください」

「ええ、お願いね。私、サラが居てくれないと何もできないわ」

マリウス様の元へ嫁いだ後も、サラは私に付いてきてくれることになっているから、とても心強い。

「そろそろ、マリウス様のお部屋へ戻られますよね？」

「そうね。もう十分練習もしたし、伺おうかしら」

「では、ドレスと髪型を変えて、お化粧もしっかり直しましょう」

「そ、そんな気合いを入れなくても大丈夫よ。髪とお化粧だけ直してくれる？」

「ドレスはこちらなんていかがですか？」

私の話を全く聞いていないサラが、持ってきたドレスの中から一着を選んで見せてきた。私の衣装の中では、一番胸が開いているドレスだ。

「なっ……胸元が開き過ぎじゃない？」

「あら、開いているからいいのではないですか。マリウス様もきっとお喜びになりますわ」

「……っ……こ、このままでいいわ」

「そんなことを仰らずに。さあ、お着替え致しましょう」

「きゃあ！　待って！　脱がせないでっ」

サラに押し切られて、着替えを済ませる。

マリウス様と身体を重ねたことは、サラには言っていない。

いくらサラだからって、もちろん言えない。誰にも言えない。だって、婚前交渉は許されていないもの。でも、大丈夫だったとしても、恥ずかしくて誰にも言えそうにない。

「さあ、終わりましたよ。綺麗な胸元が目立つように、髪はすべて上げさせていただきました。とてもお似合いですわ」

「あ、ありがとう……でも、別のドレスの方がいいんじゃないかしら。胸元が気になって仕方がないのだけど……」

「今から別のドレスに着替えるのでは、かなりお時間がかかってしまいますので、マリウス様をさらにお待たせすることになってしまいますが……」

「……それは、よくないわね」

ピアノの練習が終わったら、すぐに戻ってきてほしいと仰っていたもの。それに私も一分一秒、マリウス様とご一緒させていただく時間が欲しいし……。

「あ、そうそう。リジーお嬢様、こちらのドレスのボタンは、少し硬めだとマリウス様にお伝えください」

　ドキッとした。

「なっ……！　ど、どうして、マリウス様にそんなことをお伝えしなければならないの？」

　まるで脱がされるみたいじゃない！

　動揺を隠せないまま尋ねると、サラはにっこり微笑むだけで何も言ってくれない。

「もう、サラ……！」

「はい、なんでしょう」

「なんでしょうって……」

　サラったら、絶対気付いているわ……！

「さあ、お化粧も直しましょう」

「え、ええ、お願い……」

　お化粧を直し終えたところで部屋の扉をノックする音が聞こえた。

「はい？」

『リジー、僕だよ。そろそろピアノの練習が終わる頃だと思って、迎えに来たんだ』

「マリウス様！」

　サラが扉を開けてくれた。マリウス様に駆け寄ると、ギュッと抱き寄せられた。

「あれ？　さっきとドレスと髪型が違うね。よく似合っているよ。すごく綺麗で、可愛い」

「あ、ありがとうございます」

サラ、ありがとう！

チラリとサラの方を見ると、満足そうに笑っていた。

「……僕の部屋にピアノを運べないかな」

「えっ！　マリウス様もお弾きになりたいんですか？」

「ううん、そうすればリジーと離れずに済むかなと思って。移動させてもいい？」

「は、はい、マリウス様がよければ！　あ、でも、後一日で船が着いてしまいますが……」

「うん、それでも」

嬉しい……。

「さあ、行こうか」

「はい、でも、マリウス様……ご政務中に私が居てお邪魔じゃないですか？」

「まさか、むしろリジーが傍に居てくれた方がはかどるよ」

初めて身体を重ねた日以来、マリウス様は私を常にお傍に置いてくださっていた。

離れているのはピアノの練習と入浴の時ぐらいだったけれど、これからは入浴の時だけになりそう。

帰国したら、結婚するまではまた別々に暮らさないといけない。

ああ、ずっとこのままでいられたらいいのに……。

一日中マリウス様を独占できる贅沢を知った今、離れ離れになるのは辛い。

マリウス様のお部屋に入り、扉を閉めると同時に唇を奪われた。

「ん……っ……んん……マリウス……様……ぁっ……」

「少ししか離れていなかったのに、とても寂しかったよ」

耳に、首筋に、そして開いた胸元を吸われ、私はビクビク身体を揺らす。

「ぁっ……わ、私も……です……」

「本当に？」

ちゅ、ちゅ、と吸われるたびに、身体の奥が熱くなって、蜜が溢《あふ》れ出《だ》してくる。

「は、い……ぁっ……んんっ……」

やだ、私……こんなにすぐ濡れてしまうなんて、いやらしい……。

マリウス様に抱かれてから、身体が淫らに作り替えられたみたいだった。

「それにしても、随分と大胆なドレスだね。綺麗な胸がこんなに見えて、吸わずにはいられなくなってしまうよ」

今着たばかりのドレスを乱され、胸元をあらわにさせられる。

サラにとっては硬かったボタンは、マリウス様にとってはさほど硬くなかったらしい。私が何か言うこともなく、何も苦労されずにお外しになった。

「リジー、もっと吸わせて？」

「は、はい……どうかマリウス様のお好きに……ぁんっ……」

胸を持ち上げるように揉まれ、ちゅ、ちゅ、と吸われると、こちらも吸ってほしいとおねだりするように、先端が尖り出す。

「ふふ、ここも吸ってほしそうだね？」

指先で抓まれ、くりくり転がされると力が抜ける。

「ひゃうっ……ぁっ……そ、そんなことは……」

「違った？」

胸の先端を弄《いじ》りながら耳元で囁くように尋ねられ、私は顔を熱くしながらも首を左右に振った。

「……っ……ン……マリウス様……の……っ……んっ……お、仰る通り……です……ぁっ……んんっ……あぁっ……」

「可愛い……僕もリジーの可愛い乳首が吸いたいよ」

とうとう立っていられなくなって、膝から崩れ落ちそうになる私をマリウス様は抱き上げた。

「こっちでじっくり吸わせて」

マリウス様は私をソファに組み敷くと、ちゅぱちゅぱと音を立てながら胸の先端を可愛がってくださった。

「ぁんっ！　や……んんっ……マリウス……様……っ……ぁぁっ……」

帰国の路《みち》で、マリウス様は私をたくさん求めてくださった。

今日のように、胸元が開いたドレスがきっかけで……。

夜にマリウス様のお部屋にピアノを移動させて、彼もピアノをお弾きになることができるので連弾しようということになり、距離が近くて、そして……。

休む準備をして一緒にベッドに入り、おやすみのキスをしてそのまま……。


そして船を降りた今は、馬車の中で……。

「ん……っ……ぁっ……マリウス……様、そ、そんなに激しくしては……や……んんっ」

マリウス様のご側近のノア様は、他の騎士たちと共に馬に乗って護衛してくださっている。

そして侍女のサラには後続の馬車に乗っているので、長い時間二人きりになっている私たちは、お話をしているうちにキスで言葉が途切れ、求め合っていた。

まだ明るいのにカーテンを閉めているのは、外から見て不自然じゃないかしら？

馬車の中、そしてカーテンをしめているとはいえ一応外、何かあっては大変だからと衣服は身に着けたままなのだけれど、裸の時よりも淫らに感じてしまうのはどうしてだろう。

馬車の走る音にかき消されているとわかっていても、自分の声が、淫らな音が、外に聞こえていないか心配になる。

「きゃぅっ……！」

でも、声を我慢する余裕なんて全くなかった。突き上げられるたびに、恥ずかしい声が次々と唇からこぼれていく。

「痛いかな？」

「い、え……でも……っ……ん……っ……ぁんっ……」

激しく突き上げられるとあまりに気持ちよすぎて頭が真っ白になって、自分が自分じゃなくなりそうで……はしたないことをしてしまうんじゃないかって怖い。

初めての時はあんなにも痛かったのに、回数を重ねるたびにどんどん気持ちよくなって、今ではここに受け入れるのを待ち望むほどだ。

「でも？」

奥まで入れて左右に揺さぶられると、目いっぱい広がっている中が引っ張られて、気持ちよくて鳥肌が立つ。

「んぅ……っ……き、気持ちよすぎて……おかしくなってしまいそうで……」

「それはとてもいいことだね。でも、激しくなんてしていないよ？　きっと馬車が揺れているからそう感じるんじゃないかな？」

「そ、そうなのですね。ごめんなさい……私、誤解して……ぁっ……んんっ……」

マリウス様がクスクス笑う。

「いや、僕の方こそごめん」

「え？　どうして……んっ……マリウス様が謝られるのですか？」

「馬車が揺れているからなんて……ああ、いや、後で教えるから、今は愛し合おうか……」

馬車がより酷く揺れて、マリウス様の欲望が私の中を激しく突き上げてきた。足元から何かが駆け上がってきて、頭が真っ白になる。

「ぁっ……ぁぁっ……ぁぁぁっ……！」

自分のものとは思えないようなはしたない声をあげて、私は甘い絶頂に痺れた。

ああ……なんて幸せなんだろう。

私ばかりが幸せになっているのが心苦しい。早くマリウス様にも幸せになってほしい。マリウス様を幸せにするには、どうしたらいいの？

自国に戻った私は、またマリウス様と離れ離れの生活を送っていた。

これが当然だったのに、今では彼と離れた生活があまりにも寂しくて堪らない。

私、どんどん贅沢になっているわ……。

◆◇◆

「はあ……」

マリウス様、お会いしたい。ギュッて抱きしめて、キスをして、それから——。

「リジー、どうしたの？　ぼんやりしちゃって」

お姉様に声をかけられ、ハッと我に返る。

やだ、私ったら、せっかくお姉様とお茶をしているのに！

八日間屋敷を留守にしたので、お姉様が久しぶりにお茶を一緒に飲もうと誘ってくださったのだ。

「あっ！　ご、ごめんなさい」

「しかもため息もついていたわよ」

「えっ！　本当？　無意識だったわ」

「ええ、心ここにあらずって感じね。マリウス様のことを考えていたんでしょう？」

図星を突かれて、あからさまに焦ってしまう。

「そ、それは……っ」

「わかるわ。私もクロード様のことで頭がいっぱいだもの。ああ、早くお会いしたいわ。次にお会いできるのは、うんと先なのよね。寂しいわ。お忙しいから、手紙の返事もなかなかくださらないし」

お姉様も私と同じ気持ちなのね。

「ねえ、バルビエ公爵と一緒の時は、どんなお話をするの？」

「ふふ、他愛《たあい》のないお話ばかりよ。でも、それが楽しいのよ」

「あ、わかる……！」

「でしょう？　好きな人となら、どんなお話でも楽しいのよね」

好きな人となら……。

私はマリウス様と一緒に居られるのなら、何も話せなくても楽しい。でも、マリウス様が好きなのはお姉様だもの。私とは違う。

私ばかり楽しくて、申し訳ない。

でも、これからどうなるかわからない。お姉様の存在を超えられなくても、私と結婚しなくてはならないのだもの。少しでもマリウス様に幸せになっていただきたい。

頑張らなくちゃ！　うん！

「……ねえ、マリウス様って、どんなことをしたら幸せになってくださるかしら？」

お姉様が目を丸くし、すぐに笑う。

「何を言っているの？　マリウス様は、今が一番幸せだと思うわ」

そっか、お姉様は、マリウス様のお気持ちを知らないから……。

お姉様とのお茶を終えた後にクッキーを焼いて、王城へ来ていた。応接室に案内していただいて、マリウス様の侍女の一人、アメリーを呼んでもらう。

「アメリー、忙しい中ごめんなさいね」

「とんでもございません！　マリウス王子はご政務室にいらっしゃいますので、すぐにご案内致します」

「あ、いいえ、ご政務のお邪魔をしたくないから、これをマリウス様にお渡ししてくださる？　クッキーを焼いてきたの」

今日は紅茶のクッキーを焼いてきた。とっておきの茶葉を入れたおかげで、こうして持って歩いているだけでもいい香りがする。

「まあ、いい香りですね。絶対にお喜びになられますわ。でも、リジー様が直接お渡しした方がお喜びになると思うのですが……」

マリウス様に、今日ここに来ることはお伝えしていない。

「ううん、ご政務の邪魔をしたくないから。あ、アメリーたちの分も作ってきたの。よかったら皆で食べてね」

「まあ！　私たちにまで……リジー様、ありがとうございます。大切に頂きます。でも、本当にマリウス様にお会いになっていかれないのですか？」

「ええ」

「本当によろしいのですか？」

「う……っ……ほ、本当は会いたいのを我慢しているのだから、何度も言っては嫌よ。心が揺れてしまうわ」

私が直接渡しに行けば、優しいマリウス様は忙しい間を縫って相手をしてくださるはずだ。でも、マリウス様のお邪魔をしたくないわ。私に時間を割いたら、その分ご政務を終えるのが遅くなる。休む時間がなくなってしまうかもしれないもの。

「ふふ、申し訳ございません。では、お渡ししてきますね」

「ええ、よろしくね」

「これからどちらへ？」

「図書館へ行こうと思っているの。じゃあ、またね」

私は応接室を後にし、すぐに図書館へ足を運んだ。

ここには国内で出版になった本がすべて揃っていて、貴族であれば、自由に出入りしていいことになっている。

私が探しているのは恋愛小説だ。

マリウス様を幸せにしたいと思っても、具体的なことがなかなか思いつかない。こんな話はいくら友人でも相談できないし、八方ふさがり。

どうしたらいいかと悩んだ私は、恋愛小説から手がかりを得ようと考えたのだ。ここにならたくさん恋愛小説があると思っていたけれど、想像以上に置いてあった。

どの本から読もうかしら……。

たくさんありすぎると、どれを選んでいいかわからなくなる。とりあえず目についた本を手に取ると、後ろから誰かが近づいてくるのに気が付いた。

誰かしら……。

「リジー嬢」

名前を呼ばれて振り返ると、第三王子のオリヴァー様がいらっしゃった。

「オリヴァー王子、ごきげんよう」

本を片手に持ち、空いている方の手でドレスの裾をつまんで頭を下げる。

「ごきげんよう。読書？」

「ええ、本が読みたくなりまして。オリヴァー王子も読書ですか？」

「いや、リジー嬢の姿が見えたから、ぜひおしゃべりがしたいなぁと思って、追いかけてきたんだ」

オリヴァー王子は意味深な笑みを浮かべる。

「あっ……えっと、そうだったんですね」

「あれ、あんまり嬉しそうじゃないね？」

「い、いいえ、そんなことはございませんよ」

いけない。私、顔と声に出てしまっていたみたい。マリウス様に同じことを言われたら、とても嬉しいのだけれど……。

「そう？　じゃあ、嬉しい？」

「え、ええ」

嬉しくない……なんて、立場の問題がなくても、正直なことは言えない。

「ふふ、本当かなぁ？　いやぁ、それにしても、相変わらず天使のように美しいね。いや、天使も嫉妬してしまうほどの愛らしさだ」

「あ、あはは、ありがとうございます」

　オリヴァー王子……義理の弟になるのだから、こんなことを思うのはよくないかもしれない。でも、正直な話、少し……いえ、かなり苦手だった。私にしつこくしてきて、階段から落ちる原因を作ったエタン様と同じ匂いを感じる。

「あれ？　何の本を持っているの？」

　オリヴァー王子が大胆に間を詰めてくるのと同時に、私は一歩後ろに引く。

「恋愛小説です」

　なんというか、いつも距離感が近いのよね。私とマリウス様が婚約した後も変わらないのは、どうなのかしら……。

　それに見かけるたびに違う女性をお連れになっているから、軽い方なんだなぁって思ってしまう。

「恋愛小説？　へえ、なるほど……そうか」

　意味深な笑みを浮かべられ、なんだか不快感を覚える。

「なるほど、とは？」

「うん、なんというか……空想の世界に逃げ込みたくなるぐらい、兄さんとの結婚が辛いのかなって」

「え？」

何を仰っているの？

呆気《あっけ》に取られていると、また距離を詰めてくる。

もう、また距離感がおかしいわ！

詰められた分開けようとしたら背中に本棚が当たり、もう後ろに下がれない。

「リジー嬢も気付いているだろう？　マリウス兄さんの本当に好きな人が、あなたのお姉さんだということに」

そんなの知っているわ。

「はあ……」

やっぱり苦手だわ……。

事実だからって、口にしていいわけじゃない。人の心を逆撫《さかな》でするようなことをわざわざ伝えてくるのはどうかと思う。

「でも、お姉さんはバルビエ公爵と婚約して、とても仲睦まじく過ごしているそうだからね。その様子を見て、マリウス兄さんもようやく諦めたようだね」

知りたくない情報を強引に聞かされ、不愉快さが顔に出てしまいそう。……むしろ、もう出ているかもしれないわ。

「ああ、なんて可哀相なリジー嬢……」

お可哀相なのは、マリウス様の方よ。私はマリウス様がお姉様を想っていようとも、婚約できて幸せだもの。

「自分を見てもらえないのは、とても辛いよね」

お辛いのは、マリウス様の方よ。

私を助けようとした弾みで身体に触れてしまって、責任を感じて、好きな人の妹に求婚するはめになったのだから。

「ああ、なんて可哀相なんだ……俺ならそんな想いはさせないのに」

私は幸せなのよ。何も知らずに、随分と好き勝手言うものね。嫌がらせ？　それとも、からかっているつもりなのかしら？

「オリヴァー王子、何を仰りたいのですか？」

どちらにしても、他人に構っている時間なんてない。私はマリウス様を幸せにできる手がかりをこの膨大な本の中から探したいのだから。

「そうだね。少し回りくどかったか。じゃあ、単刀直入に言うよ。兄さんじゃなくて、俺を選んだ方が幸せになれると思うよ」

「えっ」

「俺の恋人になってくれないかな？」

はあ？　この方は、何を仰っているの⁉

実のお兄様の婚約者に、恋人になれ？　いい大人が、言っていい冗談と、悪い冗談の区別がつかないのかしら！

オリヴァー王子が顎に手をかけてきた。私は首を振って手を避け、横にずれて距離を取る。

「おやめください！」

「どうして？」

とんでもない冗談を言った上に、身体にまで触れてくるなんてどうかしている。それなのに『どうして？』って……こちらがどうして？　だわ。

「当然のことです。私、帰らせていただきます。失礼します」

その場を後にしようとしたら、手を掴まれた。

「リジー嬢、待って」

「なっ……離してください！」

女性の身体に何度も触れるなんて、とんでもない人だわ！

振り払って出て行こうとした瞬間――。

「好きなんだ」

ありえない言葉をぶつけられ、思わず足が止まる。

「ずっとあなたのことが好きだったんだ。俺を選んでくれるのなら、兄さんより幸せにしてあげるよ」

はあ？　……と、思わず声に出しそうになった。

「私のことが好きだった……と仰いましたか？」

「そうだよ。だから俺を選んで？　後悔はさせないから」

「あなたのお兄様のマリウス様の婚約者である私が好きだと？」

「ああ、母親違いとはいえ、実の兄の婚約者だ。困難はあるだろう。それでもリジー嬢が欲しいんだ」

呆れて大きなため息が出てしまう。我慢できなかった。私の反応が思っていたものと違ったのか、オリヴァー王子が眉を顰《ひそ》める。

「どうしてため息を吐くのかな？」

当たり前じゃない。そんな戯言《たわごと》が信じられるほど、私は馬鹿じゃないわ。

オリヴァー王子は、第三王子……今は目上の方だもの。本当のことなんて言えない。かといって誤魔化す気にはなれないから、無言で目を見る。

「ねえ、返事を聞かせてくれない？」

「……本当に私のことが好きだと？」

「ああ、好きだよ」

好き——大切な言葉をよくも簡単に言えるものだわ。

「私を好きなのに、この前の夜会では、ミシェル嬢と、その前の夜会ではエミリー嬢と、もっと前は、えーっと誰だったかしら……ああ、そうだわ。イザベル嬢といい雰囲気のようでしたが？」

オリヴァー王子、何が目的なのかしら。

「それは彼女たちがどうしてもというから一緒に居ただけで、別にいい雰囲気でもなんでもないよ」

「どうしてもと言われたら、腰に手を回してキスまですると？」

そう、偶然にも見てしまったのだ。どの令嬢たちとも密着してキスをしていた。しかも、濃厚なキスだった。

元々距離感が近いのも苦手だったけれど、その現場を見て、さらに嫌悪感を抱くようになった。

「あんなの挨拶がわりさ」

「はあ……」

挨拶の代わりに、濃厚なキスをするの？　やっぱり理解できないわ。

「だからリジー嬢、俺を選んで」

「お断りします。私はマリウス様をお慕いしていますので」

「王族に求婚されたら、断れない。リジー嬢もそうだったのだろう？」

「違います。私はマリウス様を子供の頃からお慕いしてきたので、求婚していただいた時、今までの人生の中で一番嬉しかったです」

「アイリス嬢の代わりにされているのに？」

なんて嫌なことを言うのかしら……！

「私はお姉様の代わりではありません」

マリウス様はあの事故の責任を取って、私を妻にしてくださろうとしているのよ。お姉様の代わりに私を……なんて方じゃないし、それにお姉様のような素晴らしい女性の代わりなんて、誰にも務まるわけがないわ。

お姉様はこの国で……いえ、全世界の中で一番の女性だもの。

「可哀相に……でも、そうだよね。お姉さんの代わりにされているだなんて信じたくないよね。気持ちはわかるよ」

そういう意味じゃないのよっ！

話が通じなさすぎて、苛立ちで頭の血管が切れそうになる。

でも、否定したら、あの事故のことも言う流れになってしまうかもしれない。それは嫌だ。この方には話したくない。

「俺を選べば、幸せになれるよ。お姉さんの代わりにするのではなく、リジー嬢だけを見つめ、愛するよ」

不特定多数の女性に手を出しておいて、何を言っているのかしら……！　とんでもない方だわ。

「選びません。私はマリウス様が好きなんです。マリウス様が私を好きじゃなくても、お傍に居させていただけるのが幸せなんです」

「意地を張って……」

「意地ではございません。マリウス様と一緒になれるなんて、夢にも思っていませんでした。いつかマリウス様以外の男性の元へ嫁がなければならないことを考えて、何度も胸が張り裂けそうになりました。ですから、今が生きてきて、一番幸せなんです」

「リジー嬢、でも……」

「申し訳ございませんが、もう帰りますので、これで失礼致します」

図書館は自由に閲覧することができても、貸し出してもらうことができないので、せっかく選んだ本を戻して退室した。

もう、せっかく調べに来たのに……！

悔しさと腹立たしさで、子供のように地団太を踏みたくなった。

もう、帰るしかない。

マリウス様は今頃、一生懸命ご政務をされているのね。クッキーは召し上がってくださったかしら。

オリヴァー王子に絡まれたせいか、先ほど以上にマリウス様にお会いしたくて堪らない。

マリウス様……。

心の中でマリウス様のお名前を呼んだ次の瞬間――。

「リジー」

恋しい声が聞こえて、まさかと思って振り返ると息を切らしたマリウス様がいらっしゃった。

「マリウス様！　どうなさったんですか？」

「クッキーをありがとう。一緒に食べたくて……というか、リジーに会いたくて追いかけてきたんだ。間に合ってよかった」

さっきまでの嫌なことも吹き飛んで、舞い上がってしまう。

お忙しいのに、気を遣ってくださっているのね。マリウス様は本当にお優しい方だわ。

「でも、お邪魔じゃないですか？」

「まさか！　あ、この後、何か用事がある？」

「いえ、何もありません。では、ご一緒させていただいてもよろしいですか？」

「もちろんだよ。さあ、行こう」

マリウス様が差し出してくださった手を取り、私はご政務室でクッキーより甘い一時を送った。

第四章　リジー

「マリウス、お前は王にはなれないが、第二王子だ。次期国王のリュカを支え、国民のために尽くせ。そのために努力を惜しむな」

「はい、お父様」

第二王子として生まれた僕は、第一王子のリュカ兄さんの補佐を務めるため、厳しく育てられてきた。

王族たるもの、どんな時でも常に笑顔を崩すな。泣きたい時でも笑みを浮かべ、自分の本心を悟られるな。

「マリウス、勉強は辛くありませんか？」

「お母様、心配なさらないでください。大丈夫です」

「本当に？　お母様と兄さんの前ではこっそり本音を言ってもいいんだぞ？」

「リュカ兄さん、大丈夫です。お二人ともありがとうございます」

父の教えを受けて育った僕は、たとえ血の繋がった家族の前でも本音を出すことはできなくなっていた。

こっそり弱音を吐いたら、心の中にある何かがぽっきり折れて、元に戻れなくなってしまいそうだったから。

ラングハイム公爵家のアイリスを紹介されたのは、僕が五歳の頃だった。アイリスを……と言うよりは、伯爵位以上で同じ年頃の子は全て紹介されていた。

王族なのだから、広く交流を深め、いざという時に力になってもらえ……という父の方針だ。第一王子のリュカ兄さんも同じ年頃の子と仲を深めている。

「アイリス嬢、よろしくお願いします」

「アイリスとお呼びください。敬語も必要ございません。マリウス様も色々と気苦労が絶えずに大変ですわね。我が家では気を楽にして、ゆっくりしてくださいな」

同年代の女の子よりもうんと大人びた子、それが僕の友人のアイリスだった。

「令嬢たちと知り合わせることは、婚約者候補を探す一環にもなっているのでしょうね。私、好きな方がいますし、マリウス様も私のことは好みではないでしょう？　ですから、お父上が私を……と仰らないように、お気を付けくださいね。でも、あなたとはとてもいい友人になれると思っていますの。だって私たち、どこか似ていますもの。マリウス様はどう思っていらっしゃいます？」

うんと大人びた……というか、大人みたいだ。

僕も同感だった。

アイリスはいつも笑顔で、でも、その裏には、僕と同じくたくさんの感情を隠しているように見える。

彼女とは結婚したくない。よき友人としてこのまま過ごしたいと思った。

「ああ、そうだね。僕たちはきっといい友人でいられると思う。大人になってもね」

「よかったですわ」

アイリスとラングハイム公爵邸のサロンでお茶を楽しんでいると、小さな足音が近づいてくる。すると彼女が立ち上がって、小走りに出口へ向かう。

「リジー！」

リジー……ああ、そうか。ラングハイム公爵家は、二人姉妹だった。

「おねえさま、ここ？」

「ええ、あなたのお姉様はここよ。お昼寝から起きたのね」

「うんっ」

そこに現れたのは、うさぎの人形を片手に抱いた天使みたいな幼い女の子だった。

雪のように白い肌、赤味がかったチョコレート色の髪に、深い森を閉じ込めたような瞳――

ああ、なんて愛らしいんだろう。声まで可愛らしい。

アイリスがしゃがんで、その姿はすぐに見えなくなってしまう。

もっと見たいな。

女の子に対して、そう思ったのは初めてのことだった。

「私を探しに来てくれたの？」

「うん、おねえさまにあいたかったの」

「きゃあっ！　ありがとう。ああ、なんて可愛いのかしら」

僕に話す口調と声音とはまるで違う高い声で、彼女がどれだけ妹を可愛がっているかがわかる。

「だぁれ？」

リジーがひょっこり顔を出し、深緑の大きな目が僕を見る。

やっぱり、可愛い……。

「あの方は私たちの国の第二王子、マリウス・リープクネヒト様よ。マリウス様、この子は私の妹のリジーです。天使よりも愛らしいでしょう？」

アイリスが立ち上がって後ろに下がり、リジーの小さな肩に手を添える。僕は小さな天使に吸い寄せられるように席を立ち、彼女の前に膝を突いた。

「初めまして、リジー嬢、僕はマリウス・リープクネヒトです。マリウスって呼んでくれる？」

「マリウス……」

心臓の辺りが、キュゥッと締め付けられるみたいだった。心地のいい苦しさ。

名前を呼ばれて、こんな風になるのは初めてのことだ。

どうしよう。名前を呼ばれるのが、こんなに嬉しいなんて……。

「リジー、マリウス〝様〟よ」

「マリウスさま、ごきげんよう」

リジーは片手に人形を抱き、もう片方の手でドレスの裾をつまんで頭をさげた。

か、可愛い……。

「マリウス様、ご覧になりました⁉　もうっ！　リジーったらなんて可愛いのっ！」

「ああ、見たよ。とても可愛らしいね。リジー嬢、ごきげんよう」

リジーが嬉しそうに笑うのが可愛くて、抱きしめたい衝動に駆られる。

本当に可愛いなぁ……妹がいたら、こんな感じなんだろうか。

母親違いの弟のオリヴァーは、こんな風に僕を見てくれない。僕の姿を見つけると鋭い目つきで睨《にら》みつけてくるし、目が合うとすぐに逸らされる。

幼い頃はどうして嫌われているのだろうと悩んだものだが、大人になれば事情はわかった。悲しいことだけれど、仕方がない。

「あ、うん、思った」

「マリウス様、妹がいたらこんな感じか……なんて思っていらっしゃいません？」

「それは違いますわ。妹とリジーは別です」

「そうなのかな？」

「ええ、きっといつか、私の言うことがおわかりになる日が来ますわ。その日が来たら、友人であり、リジーの姉である私にこっそり教えてください。きっとお力になりますわ」

「うん？」

その時は意味がわからなかった。でも、すぐにその意味を知ることになる。

僕は月に一、二度はラングハイム公爵邸を訪れるようになり、アイリスとリジーと過ごす時間は僕にとって大切な時間になっていた。

「マリウス様、いらっしゃいませ」

「いらっしゃいませっ！」

「ありがとう。お邪魔するよ。アイリス、リジー嬢」

三人で過ごす穏やかな時間が好きで、リジーがいない時には彼女の話で盛り上がった。

「マリウス様、リジーのことも敬称なしで呼んであげてくださいな。気にしていましたから」

「そうだったんだ。じゃあ、遠慮なく呼ばせてもらおう」

「ええ、絶対に喜びますわ。そうだわ。リジーは、またピアノの腕を上げたんですよ。あの子はとても努力家で、同じ年頃の子とは比べ物にならない練習量なんです。ああ、なんてすごいのかしら。でも、あまり無理はしないでほしいわ。リジーがピアノを弾く姿はもう妖精のようで、それはもう可愛くて……っ」

「へえ、それは僕もぜひ見たいし、聞かせていただきたいな」

「それがあの子はあがり症で、人前では弾くことができないんです。すごく気にしているので、どうか力になってあげてくださいね」

「ああ、もちろんだよ」

ラングハイム公爵家は音楽の才能に優れていて、演奏を披露することが多い。人前で演奏できないとなれば、苦労することも出てくるだろう。

苦しみ、悩むリジーを想像したら、胸が苦しくなる。

いつも笑顔で僕を出迎えてくれるあの子には、少しも辛い想いなんてさせたくない。

ラングハイム公爵邸に出入りするようになってから半年、リュカ兄さんが流行り病で亡くなった。

傍に付き添っていたお母様も感染し、身体が弱かったことから間もなく亡くなってしまった。

「マリウス、母と兄が亡くなったんだ。私もさすがに泣くなとは言わない。今だけは特別に構わない」

「はい……」

厳格な父の目が、初めて濡れているのを見た。でも、僕の目は乾いていて、胸の中は真っ暗で、嵐の夜のようにざわめいているのに、頭の中は変に静かだった。

優しかったお母様、リュカ兄さん、あんなに好きだったのに、どうして涙が出ないんだろう。どうして微笑んでいられるんだろう。こんなにも悲しいのに……。

一人になっても、涙が流れることはなかった。

僕の様子を見て、第一王子が亡くなれば、第二王子の僕が次期国王だ。悲しんでいないみたいだし、そのことを喜んでいるのでは？　なんて噂が出回った。

違う。喜んでなんていない。好き勝手なことを言わないでほしい。

お母様とリュカ兄さんが亡くなって一か月後、僕はいつものようにラングハイム公爵邸に足を運んだ。

ラングハイム公爵、夫人、アイリス、皆が僕を気遣って優しくしてくれて嬉しかった。日当たりのいいサロンはポカポカ温かくて、眩《まぶ》しくて、でも、僕の心の中は、ずっと真っ暗なままだった。

「そうだわ。マリウス様、とても面白い本がありますの！　今、持ってきますので」

アイリスが席を外すと、昼寝から起きてきたリジーが部屋に入ってきた。

「やあ、お昼寝から起きたんだね。アイリスは部屋に行ったよ。すぐに戻ってくるから、一緒に待っていようか」

席を立ってリジーの前に膝を突くと、彼女が抱きついてきた。

「リジー？」

「マリウスさま、かなしいの？」

リジーが小さな手で頭を撫でてくれる。

「……っ……そんな……ことは……」

「よしよし、だいじょうぶよ」

きっとご両親やアイリスにやってもらったことを僕にもやってくれているんだろうな。自分がこうされると悲しくなくなったから。嬉しかったから。それを僕にもやってくれているんだ。僕に元気を出してほしいと思ってくれて、やってくれているんだ。

温かい……。

小さな手で撫でられているうちに目の奥が熱くなって、ずっと乾いていた目に涙が浮かんでこぼれた。

「ないてるの？」

「うん……僕のお母様と兄さんが死んでしまったんだ。だから、悲しくて……」

「よしよし……」

アイリスや使用人たちは気を遣ってくれたのか、僕が泣き止《なや》むまでサロンに入ってこなかった。

リジーはその間僕を抱いたまま頭を撫でてくれて、泣き止むと優しく笑いかけてくれた。

心が軽い。

ずっと重かった心は、泣き終わる頃にはすっかり軽くなっていた。

「リジー、ありがとう」

「げんきになった？」

「うん、リジーのおかげでね」

ふふっと照れくさそうに笑う顔が愛おしい。

「あのさ、恥ずかしいから、僕が泣いたことは忘れてくれないかな?」

「はずかしい?」

「そう、恥ずかしいんだ。だから、お願い」

「うんっ!　わかった」

優しいなぁ……。

小さな女の子の前で泣いて、慰められてしまった。どうかリジーが本当に忘れてくれますように……。

でも、僕は忘れられなかった。悲しみに押し潰されそうになった時には、必ずあの小さな手の感触やぬくもりを思い出し、励みにしていた。

リジーが成長するにつれて、自分の中の気持ちが変化していくのに……いや、元々あった気持ちの正体に気付いた。

きっかけは彼女が十五歳になった年、社交界デビューの日だ。

チョコレート色の髪の毛を結い上げ、白い薔薇で飾っている。

水色の清楚《せいそ》なドレスがよく似合う。いつもはアイリスやラングハイム公爵夫人の好みもあって、ピンク色のドレスを着ていたからすごく新鮮だ。

綺麗に着飾ってラングハイム公爵にエスコートされるリジーを、未婚、既婚に関わらず、たくさんの男たちが熱い視線で見つめている。

やめろ、リジーを見るな。

それを見た僕は胸の中が炎の先でじりじりと焦がされているみたいに感じ、密《ひそ》かに芽生えていた心に気付いた。

ああ、僕はリジーのことが……。


『マリウス様、妹がいたらこんな感じか……なんて思っていらっしゃいません？』

『あ、うん、思った』

『それは違いますわ。妹とリジーは別です』

『そうなのかな？』

『ええ、きっといつか、私の言うことがおわかりになる日が来ますわ』

幼い頃にアイリスと交わした会話を思い出す。

ああ、こういうことだったんだ。

リジーの姿を遠くから眺めていると、アイリスがやってきた。

一番の友人だと思っているが、周りからは恋人のように見えるらしい。否定するとさらに怪しく感じるようで、噂にますます拍車がかかったため、それからはやめた。婚約を決められては困るので、父にだけは誤解のないようにと話してある。

長く僕を迎えてくださっているラングハイム公爵夫妻も、僕とアイリスの間には恋愛感情はないと理解してくれている。リジーは何も言ってこないが、きっとそうだろう。

「マリウス様、リジーのことがお好きでしょう？　友人の妹としてではなく、一人の女性として」

「アイリス、キミは、僕が自分の心を自覚する前から知っていたんだね？」

「私、こういう勘がものすごく働く方なんです」

アイリスは得意気に笑う。

リジーは緊張のせいか不安そうにし、顔をこわばらせて下を向いている。ふとした瞬間に顔を上げ、僕と目があった。

その瞬間、リジーは頬を薔薇のように染め、嬉しそうな笑顔を見せてくれた。今すぐ人込みをかき分けて彼女の元へ行き、抱きしめたい衝動に駆られる。

「まあ、ふふ、リジーったら本当に可愛いわ」

「……ねえ、アイリス、力になると言ってくれたね？」

「ええ、申し上げました。大切な妹ですから、マリウス様のような素敵な方と結ばれたらいいなと思っているので」

「力になると言ってくれた時、僕たちは初対面だったよね？」

「ふふ、私、勘も働きますが、人を見る目もありますから。長年友人関係を続けてきて、ああ、やっぱりあの時の私は、正しかったんだって思いましたわ」

「それは光栄だ」

リジーの相手として相応《ふさわ》しいと思ってもらえたなんて嬉しい。でも、リジーはどう思っているだろう。

「ラングハイム公爵家の次女だ。リジー嬢だったか？」

「アイリス嬢も美しいが、リジー嬢は可愛らしいな。まだ、恋人や婚約者はいなかったはずだよな？」

「じゃあ、今が狙い目だな」

男たちがリジーを見ながら、ヒソヒソと話しているのが聞こえる。

社交界デビューをした今、他の男との接点が今までよりも多くなる。想像するだけで胸が焼け焦げそうだ。

もし、リジーに好きな男ができたら？　と考えたら、居ても経ってもいられない。

「リジーに告白しようと思うんだけど」

うーん……とうなられた。

「もう少し仲を深めてからの方がいいのでは？」

「十分仲は深まっていると思うんだけど……」

「男性と女性としての仲という意味ですわ。マリウス様から求婚されたら、リジーは公爵家の娘という立場上、断れません。でも、それでは全然ロマンチックじゃないでしょう？　仲を深めてリジーがマリウス様を好きになったところで求婚……の方がロマンチックですし、リジーも喜ぶと思いません？」

「確かに」

他の男にかすめ取られそうな気がして、落ち着かない。でも、リジーを戸惑わせるんじゃなくて、喜ばせたい。

「リジーは僕のことを好きになってくれるかな？」

「ええ、きっと。あの子はマリウス様を好きな素振りは見せませんが、自分の心に気付いていないだけだと思うんですよね」

「本当？」

嬉しくて、口元が綻んでしまう。

「ええ、リジーに恋心を自覚してもらって、ロマンチックに求婚しましょうね。ああ、あの子の喜ぶ顔を想像するだけでキュンとしてしまいます」

「ああ、僕もだよ。……あ、今日のところは我慢するけれど、ダンスを誘うのは絶対に我慢しないから」

「ふふ、さすがにダンスのお誘いを止めるような真似は致しませんわ」

アイリスに言われていなければ、もうこの場で求婚していたに違いない。

いつ求婚できるだろう。いつリジーと一緒になれる？　リジーが僕を好きなんてアイリスの勘違いで、別に好きな男ができたらどうしよう。

色んな気持ちが出てきて、心の中がごちゃごちゃになる。

リジーの元へ向かうと、彼女がそっと微笑んでくれた。

「マリウス様！」

キミに名前を呼んでもらえると、とても嬉しい。こんなにも大きな感情に、今までどうして気が付かなかったんだろう。

リジーの前に片足を突き、手を差し出す。

「リジー、社交界デビューおめでとう。よかったら、初めてのダンスを踊ってもらえないかな？」

するとリジーは花のような笑顔を浮かべて、僕の手に小さな手を乗せた。

「はい、喜んで」

実を言うと、ダンスはそこそこできるものの、好きじゃなかった。一曲が終わるのはそこまで長くないけれど、とても長く感じる。

好きなことをする時間は短く感じるし、嫌なことをする時間は長いとよく言うが、本当にそうだ。

令嬢たちと身体を密着させ、当たり障りのない会話をし、目配せをする時間はとてもつまらなくて、できるだけダンスは避けて通りたかった。

でも、リジーとは違う。

彼女と身体を密着させられるのが嬉しい。いい香りがして、ああ、こんなにも睫毛《まつげ》が長かったんだ。深緑色の目も綺麗だ。愛らしい唇に、自分の唇を重ねたい。この細腰を引き寄せて、強く抱きしめたい。

「マリウス様、誘ってくださってありがとうございます。一生の思い出になりました」

胸がキュゥッと締め付けられる。

ああ、今すぐ求婚したい。いや、この場で結婚式を挙げたい。

「僕と、け……」

「け？」

キョトンとするリジーの表情で、我に返った。

いや、駄目だ。今は駄目だ。

「ううん、なんでもないよ。僕もリジーと踊ることができて嬉しいよ」

いつもは長く感じる一曲は、十秒しか経っていないんじゃないか？　と思うぐらいあっという間だった。

◆◇◆

リジーに言い寄る虫……いや、男を排除しながら、一年は我慢した。でも、少し前にあった舞踏会の日に、もう我慢などできないと感じた。

ホールにリジーの姿が見当たらなくて、心配になって探しに行ったら男に言い寄られ、リジーは階段から落ちてしまったのだ。

寸前で僕が受け止めて事なきを得たけれど、あの時に探しに行っていなかったら？　そう思うと血の気が引く。

咄嗟のことだったからリジーの身体を受け止めることに夢中で、掴んだところが胸だったのに気付いたのは、彼女の驚いた顔を見てからだった。あんなに大きくて、手からこぼれるほどの胸なのに、よほど焦っていたのだろう。いや、大きかったからこそ掴んでしまったのかもしれない。

まずい……。

リジーは純粋な女性だ。事故とはいえ、胸に触るなんて嫌われてしまうかもしれない。嫌われたらどうしよう。誠心誠意謝れば、許してもらえるだろうか。

『ご、ごめん。咄嗟に受け止めたら、たまたま……』

焦りながら謝ると、リジーは真っ赤な顔で首を左右に振った。

『い、いえっ！　大丈夫です。ありがとうございます。助かりました……』

よかった。嫌われた様子はない……。

それにしてもあの男、許せない。

僕が王位についていれば、厳重処分じゃなくて……殺……すのは、さすがにまずいか。国外追放ぐらいにしてやれたのに。

早くリジーを僕のものにしたい。王子の妻となれば、手を出そうとする者は滅多にいないだろう。

でも、彼女の気持ちを尊重したい。

リジー、僕を好きになってほしい。僕がキミのことを好きなのと同じぐらい、キミにも僕を好きになってほしい。

彼女の気持ちが育つのを待とうと思っていたのに、それから少ししてラングハイム公爵邸を訪ねた時――。

リジーとの仲を深めようと彼女がいる庭に行くと、薔薇を眺めている彼女があまりにも綺麗で頭が真っ白になって……。

「僕と結婚してください」

気が付いたら、求婚していた。

リジーが驚くのと同時に、自分も驚く。

今、告白するつもりなんてなかった。リジーが確実に僕を好きだってわかってからにするつもりだったのに……。

アイリスはリジーが僕を好きだと思うと言っていたけれど、それはあくまで彼女が感じたことであって、リジーの本心なんてわからない。

ただの姉の友人だと思われていたらどうしよう。嫌だったとしても、王子からの求婚だ『はい』とは言ってくれるだろうが、表情には出るはずだ。

するとリジーは頬を赤らめて、柔らかな笑みを浮かべた。

「はい、喜んで」

この表情を見て、アイリスの言う通り、リジーが僕に恋をしてくれていることを確信できた。うわ、嬉しすぎる。人生で一番嬉しい。

「嬉しいよ。ありがとう」

ジッとしていられない。飛び上がって、喜びたい気持ちでいっぱいになる。でも、そんなところを見せるわけにはいかないので、そっと微笑んでお礼を伝えた。

なんとか感情を押し殺したけど、こんな喜びを完璧に隠せるわけがない。きっと唇の端は、ヒクヒク動いていたに違いなかった。照れたリジーが、僕から目を逸らしていたのが幸いだ。

リジーが僕の妻になってくれるなんて、夢のようだ。婚約を通り越して、早く結婚したい。

リジー、必ず僕が幸せにする。だからずっと僕の隣で今のように笑っていてほしい。

◆◇◆

僕は、なんて欲深い人間なんだろう。

手を握れば、唇が欲しくなり、唇を重ねれば、身体に触れたくなる。

我が国では婚前交渉はよくないとされている。結婚式の夜に初めて結ばれるのが常識だ。身体に触れるなんてあってはいけない。

そう思っていたのに、一緒のベッドに入ったら理性が粉々に砕けてしまった。

ヤトロファ国には幽霊の伝説があり、そういった話が苦手なリジーはさぞかし怯えているだろうと部屋を訪ねた。

邪な気持ちは全く……とは言わないが、少ししかなかった。いや、純粋にリジーのことが心配だった。でも、好きな女性の部屋を訪ねるのだから、ほんの少しはそういう気持ちがあってもおかしくないだろう。

でも、その気持ちは抑えられるはずだった。

薄布しか身に着けていない無防備な姿を見たらグラリときたけれど、持ち直すことができた。リジーは想像以上に怯えていたからだ。

「じゃあ、今夜は一緒に眠ろうか」

本当は様子を見て、すぐに帰ろうと思っていた。でも、こんな怯えたリジーを置いて帰ることなんてできない。

怯えた女性に手を出すなんて最低だ。同じベッドに入っても、我慢できる自信があった。

「マリウス様とこうして一緒に眠れるなんて夢みたいです……さっきは怖くて眠れませんでしたけれど、今はドキドキし過ぎて、さっきとは別の意味で眠れそうにないです」

けれど、こんな可愛いことを言われたら、理性が粉々に砕け散ってしまう。僕は我慢することができず、リジーと身体を繋げた。

「リジー……もっとよく見たいんだ。脱がせてもいいかな?」

「はい……マリウス様のお好きにしてください」

「嬉しいよ。でも、無理していない?」

「私も……その、嬉しいです。マリウス様に触れていただけるのが……恥ずかしいですけれど、それ以上に……」

リジーが少しでも嫌がる素振りを見せたら、なんとかしてやめようと思っていた。でも、彼女は僕を受け入れてくれた。

一度砕けた理性は元に戻ることはなく、それ以降、僕は何度もリジーを求めた。


リジーに会いたい……。

政務中も、ふとした瞬間にリジーを思い出して恋しくなる。今までもそうだったが、彼女と深い仲になってからはさらにそう感じるようになった。

彼女の顔が見たい。小さくて可愛らしい手を握って、指を絡めて、他愛のない会話をして、そして——。

ノックの音で、ハッと我に返る。

政務室なのに欲情して、股間を硬くするところだった。

「どうぞ」

「失礼致します」

声をかけると、侍女のアメリーが入ってきた。彼女が入ってくるとほんのり紅茶とバターのいい香りがする。手に持っているバスケットが香りの元か。

「どうかした？」

ん？　待てよ。今のバスケットは、リジーが持っていたものに似ている。この前、お菓子を持たせてくれた時のものとよく似ている。

「マリウス様、リジー公爵令嬢が……」

「リジーがどうした？　来ているの？」

アメリーの言葉を途中で遮って尋ねた。

「はい、クッキーをお預かりしました」

「リジーは？」

「ご政務の邪魔をしたくないので、クッキーだけマリウス様にお渡しくださいと仰っておりまして、お預かりしてきました。そんなことはないとお伝えしたのですが……」

その通りだ。邪魔なんてとんでもない。

リジーとの時間を確保するためなら、いつもの何百倍も早く政務をこなすことができる。むしろ彼女がいてくれた方がはかどると言っていい。

「リジー様は、図書館に行くと仰っておりました。今ならまだ間に合うかと」

「ありがとう。リジーを連れてくるから、クッキーと紅茶の用意を頼む」

「かしこまりました」

図書館？　何か気になる本でもあるのだろうか。でも、よかった。本に夢中になってくれていれば、まだ城にいるはずだ。

十分間に合うとわかっていても、気持ちが焦ってつい早歩きになってしまう。焦って正解だった。彼女は図書館を出て、廊下を歩いていたからだ。

愛おしい後ろ姿に見惚れて、声をかけるのを忘れて後ろを歩く。

……いや、何をしているんだ。僕は！　いつまでも付いて歩いてどうする。

それにしてもリジーの後姿は可愛いな。動くたびにサラサラとなびく髪、華奢《きやしや》な肩、細い腰、全てが愛おしい。

「リジー」

声をかけると、リジーが振り返って大きな目を丸くする。

「マリウス様！　どうなさったんですか？」

花のような笑顔とは、まさにこのことを言うのだろう。

可愛い……。

僕が来たのを嬉しいと思ってくれているのが伝わってきて、胸の中が温かいもので満たされていく。

「クッキーをありがとう。一緒に食べたくて……というか、リジーに会いたくて追いかけてきたんだ。間に合ってよかった」

「でも、お邪魔じゃないですか？」

「まさか！　あ、この後、何か用事がある？」

その可能性は考えていなかった。顔を見たら、離したくない。

なんとか用事を断って、一緒に居てもらえないだろうか……いや、それはあまりに我儘じゃないか？　我儘な男だってがっかりされるか？　それは嫌だ。でも……。

「いえ、何もありません」

よかった。我儘を言わずに済んだ。

「では、ご一緒させていただいてもよろしいですか？」

「もちろんだよ。さあ、行こう」

リジーと一緒に政務室へ向かう。僕の腕を掴んだ彼女の小さな手が愛おしくて、今すぐ抱き寄せてキスしたくなってしまう。

我慢だ。公衆の面前でそんなことをしたら、リジーが恥ずかしがってしまう。

「図書館に寄ると聞いたんだけれど、もう用は済んだの？」

「はい、えっと、そのー……急に本を読む気分じゃなくなったので、帰ろうとしていたところなんです」

リジーが少し含みのある笑いを浮かべた。図書館で何か気分を害することがあったのだろうか。

「何かあったの？」

「いえ、本当に気分が変わっただけなんです。自宅でゆっくりするのもいいかなと思いまして。でも、マリウス様とご一緒できる方がもっといいです」

可愛い……！

理性が砕けそうになったけれど、なんとか堪えた。

「嬉しいよ。ちょうど会いたいなと思っていたところだったんだ。まさか本当に会えるなんて思わなかった」

そう話すと、リジーの愛らしい頬が赤く染まる。

ああ、本当に可愛い……。

部屋に戻るまでそこまで距離はないのに、何度理性が砕けそうになったことだろう。

政務室に戻ると、アメリーがすぐにお茶の用意をしてくれる。バスケットに入っていたリジーのクッキーは、皿に綺麗に並べられていた。

僕はリジーの向かいではなく、彼女の隣に腰を下ろす。向かいに座って可愛い姿を見るのもいいが、やっぱり少しでも近くに居たい。

彼女からするいつも甘い香りに交じって、クッキーの匂いがする。一生懸命クッキーを作る姿を想像して、思わず口元が綻んだ。

「今日も美味しそうだね」

「お口に合うといいのですが」

「リジーが作ってくれたクッキーだ。口に合わないわけがないよ。いただいてもいいかな？」

「はい、もちろんです」

クッキーを一つ抓んだ。

リジーの視線を感じる。きっと、僕の反応が心配なのだろう。可愛い。

咀嚼《そしゃく》するとサクサクいい音がして、紅茶とバターの香りがふわりと広がる。

「すごく美味しいよ」

「よかったです！」

リジーが胸を撫でおろし、満面の笑みを浮かべる。

「味見して自分では美味しいと感じたんですが、マリウス様が美味しいと思ってくださるかはわからないので、不安だったんです。ああ、よかった！」

「いくらでも食べられそうだよ。ほら、リジーも一緒に食べよう」

「でも、マリウス様に焼いてきたもので……」

「一緒に食べた方が美味しいよ」

一枚手に取り、リジーの愛らしい口元へ持っていく。受け取って自分で食べようとするから、その手を避けてまた口元へ持っていく。

「食べさせてあげるよ。口を開けて」

「は、はい、いただきます」

口の中に入れる時、ほんのわずかに指先が唇に触れた。柔らかくて、温かくて、今すぐキスしたくなる。

小さな口を動かす姿が可愛い。まるでリスのようだ。

「美味しいだろう？」

「ん……はい、自分で味見した時より、マリウス様と一緒にいただいている時の方がずっと美味しいです」

ああ、可愛い……もう、我慢できない。

「リジー、唇にクッキーの欠片《かけら》が」

「え？　んっ」

もちろん、嘘だった。唇を味わうための口実だ。

リジーの細い腰に手を回し、柔らかな唇の感触を楽しむ。

少しキスするだけでとどめようと思っていたのに、一度触れたら止まらない。小さな口の中に舌を入れ、愛らしい舌に触れる。

「ん……っ……」

リジーがキスに反応してくれるのが嬉しくて、なかなか唇を離すことができない。彼女が僕の背中に手を回してくれたことで、完全に理性が砕けた。

ドレスの上から太腿を撫でると、リジーがビクッと身体を揺らす。嫌がっていないことを確認して、ドレスの中に手を入れた。

「マリウス……様……ぁっ……」

しっとりしていて、柔らかい。こうしていると、一日の疲れが……いや、一週間……いやいや、もっとだな。一か月ほどの疲れが癒《いや》される。

「リジーの肌は、いつもスベスベだね。触り心地がよくて、ずっとこうしていたくなるよ」

「……っ……そ、そんな……ずっとマリウス様に触れられていたら……んっ……おかしくなってしまいます……」

僕の手の動きに反応しながら、リジーは真っ赤な顔で喘《あえ》ぎ交じりに答える。

なんて色っぽいんだろう……。

普段の清楚な姿からは想像できないほどの艶やかさ、僕だけがこの姿を見ることができるなんて、最高の気分だ。僕はなんて幸せな男なんだ。

昔はこの世に生を受けたことを感謝することなんてなかったけれど、リジーと出会ってからは何度も生まれてよかった。彼女と出会えてよかったと思うようになった。

「おかしくなったリジーを見たいな」

内緒話をするように耳元で囁くと、リジーがビクッと身体を揺らす。耳も弱いということは、もう知っている。ペロッと舐めたら、小さく声を漏らした。

「んっ……は、恥ずかしいです……」

「そんな可愛い反応をされたら、もっと見たくなるよ」

恥ずかしがってはいるけれど、嫌がってはいないようだ。押し倒した時にぶつかってしまわないようにリジーの頭を手で支え、体重を掛けて組み敷く。

「ヤトロファ国や帰国の道ではリジーがすぐ傍に居たのに、戻ってからはなかなか会うことができなくて寂しかったよ」

白い首筋に吸い付くと、甘くていい香りがする。リジーの傍に行くといつもいい香りがして、ずっとこうして近くで嗅ぎたいと思っていた。

……なんて考えていることを知られたら、変態だと思われるだろうか。思わず苦笑いしてしまう。

「私もです。だからこうして、伺って……ぁっ」

「僕に会わずに帰ろうとしてたのに？」

リジーの胸元を乱して、コルセットの上から溢れた胸に吸い付く。

「んっ……それは……マリウス様のお邪魔をしたくないから……我慢して……」

「これからは我慢しないで、会いたいと思った時に来てほしいな」

コルセットの紐を解いて少し下にずらすと、大きな胸がブルンとこぼれた。

「ぁっ……！」

こんなにも大きな胸が、こんな狭い中に納まっているなんて信じられない。コルセットをしている状態でもリジーの胸は大きいが、脱がせてみるとさらに大きい。

「コルセット、苦しくない？」

「慣れました。初めてした時は辛かったですが……でも、どうしてですか？」

「こんなにも大きい胸が、狭い中に収められているものだから苦しくないわけがないと思ってね」

リジーの顔がさらに赤くなる。

「〜〜……っ……おっ……大きい……なんて」

恥ずかしがっている。なんて可愛いんだろう。

もっと恥ずかしがらせたくて、つい意地悪なことを言ってしまいたくなる。

小さな男の子は、好きな女の子を苛《いじ》めたくなることがあるらしい。聞いた時は理解できなかったが、今なら少し理解できる。

「大きいよね。大きくて、柔らかくて、感じやすい素晴らしい胸だよ」

リジーが恥ずかしがるように、彼女の胸の素晴らしい特徴を並べる。ますます赤くなった彼女の顔を見て、僕は満足していた。

「そ、そんなことを仰らないで……ひゃうっ」

ミルク色の豊かな胸をさするように揉むと、愛らしい先端がツンと尖った。

「よしよし。苦しかったね。窮屈なコルセットの中に収められていたんだ。労わってあげないと」

「や……んんっ……い、労わるだなんて、そんな……ぁっ……んんっ」

柔らかな胸の感触を堪能しながら、桃色の愛らしい胸の先端を舌で味わう。キャンディよりもうんと甘い。舌先でコロコロ転がしているとどんどん硬くなっていく。

「ぁんっ……んんっ……んんっ……」

ああ、なんて愛らしい感触……なんて可愛い声だろう。

リジーが甘い声を上げながら、お尻を左右にモジモジ動かす。彼女が濡れてきた時にする仕草だ。

ドレスの裾から手を入れ、ドロワーズの上から花びらをなぞると、クチュリと魅惑的な音が聞こえる。

「んんっ……」

リジーが濡れてくれるたびに、飛び上がりそうなぐらい嬉しくなってしまう。

「リジー、濡れているよ」

「……っ……」

真っ赤な顔で頷くリジーを見ると、ますます興奮する。

「こっちも気持ちよくなろうか」

ドロワーズをずりおろし、ドレスの中に潜り込む。

「きゃっ……！　マリウス様、そんなところにお顔を入れてはいけませ……っ……やんっ……！」

甘い香りで満たされた薄暗いドレスの中を進み、花びらを指で広げた。小さくてぷくりとした愛おしい蕾をペロリと舐めると、リジーがひときわ甘い声を上げる。

「あぁんっ……！」

気持ちよくなってくれているのが嬉しくて、僕は夢中になってリジーの秘部を舐めた。

唇のようにふっくらした花びら、とても小さいのに敏感な蕾、薄っすらと生えた柔らかな恥毛、どれも僕の興奮を激しく煽《あお》る。

「んんっ……はぁ……っ……マリウス様……んっ……ぁんっ……！」

リジーに名前を呼ばれるのは好きだ。こうして僕に愛されている時に呼んでくれるのは、もっと好きだ。

小さな穴から泉のように湧き出した蜜をすすりながら、敏感な蕾をねっとりとしゃぶる。音を出す方が興奮するから、わざと音を立てて舐めた。

「ぁんっ……マリウス……様っ……んんっ……音が……そんな……っ……」

恥ずかしがるリジーの声を聞いていたら、ゾクゾクする。

愛らしい蕾は膨れ上がり、僕の欲望も痛みを感じるぐらいに硬くなっていた。

「あぁんっ……！　んっ……や……き、きちゃう……っ……あっ……あぁぁぁっ……！」

リジーはガクガク震えながら、可愛い嬌声《きょうせい》を上げて達した。

ドレスから顔を出すと、トロリとした表情のリジーと目が合う。

深緑色の瞳は潤み、白い肌はうっすら紅潮している。

汗で濡れた額に前髪が張り付き、息が乱れて胸が激しく上下に動いている姿を見ていたら、思わず生唾を呑んだ。

早くリジーの中に入りたい。でも、もっとリジーを気持ちよくしたい。ああ、なんて贅沢な悩みだろう。

「マリウス様……」

潤んだ瞳で見つめられ、濡れた唇で名前を呼ばれたら我慢が利かなくなる。

「リジー……リジーの中に入ってもいいかな？」

余裕なんて全くないのに、リジーの前では恰好《かっこう》を付けたくて必死に表情と声を作った。

「はい……来てください」

硬くなって先走りがこぼれた欲望を取り出し、リジーに覆い被さった。

背中に手を回されると、彼女に求められている。受け入れられている……と、胸の中が幸せで満たされていくのを感じる。

濡れた蜜口に宛がうだけで、気持ちがよくてゾクゾクする。

「入れるよ」

リジーが頷くのを確認し、ゆっくりと欲望を埋めていく。

「ぁ……んんっ……」

進むたびに欲望が歓迎してくれるように膣肉がねっとりと絡みついてきて、思わずため息がこぼれた。

「リジーの中、とても気持ちいいよ……」

あまりに気持ちよくて、声が少し震えてしまう。

ああ、一生リジーの中に居たい……。

「ん……っ……わ、私も……気持ち……ぃっ……です……」

必死に答えてくれるリジーが愛おしくて、彼女の中に己を埋めながら、柔らかな唇をちゅ、ちゅ、と吸い上げる。

唇を吸うたびに中が締まって、少しでも気を抜いたら果ててしまいそうだった。

一番奥に当たると、リジーがビクッと身体を揺らす。

「ごめん。痛かった？」

女性の中は繊細だ。この前は大丈夫でも、今日は痛みを感じることがあるそうだ。心配して尋ねると、リジーが恥ずかしそうに狼狽《ろうばい》する。

「い、え……あの、むしろ……」

これは、もしかして……。

「気持ちいい？」

リジーは瞳を潤ませ、小さく頷いた。

「よかった……じゃあ、動くね」

ゆっくりと腰を動かし始める。奥に当たるたびにリジーが甘い嬌声を上げ、中が強く収縮を繰り返す。

「ぁんっ！　ぁっ……んんっ……マリウス様……っ……ぁんっ……んんっ……」

ああ……堪らない。

すぐに激しく腰を動かしたくなるが、粉々に砕けた理性を必死でかき集めて性急にならないようにする。

欲しくて、欲しくて、ようやく手に入れた愛おしいリジー……できるだけゆっくり味わいたい。

リジーのお腹を押し上げるように、グッグッと突き上げる。そこには彼女の弱い場所があるからだ。

「ひぁっ！　ぁんっ……や……んんっ……そ、そこは……んんっ……ぁんっ！　あぁっ！」

「気持ちいい？　ここ、突かれるの好きだよね？」

「んんっ……きっ……気持ちぃっ……あぁっ……やんっ……あんっ！　あぁっ……はんっ……あぁっ！」

乱れるリジーを見ていると、さらにゾクゾクする。

可愛くて、清楚で、僕の前だけでは淫らになるキミが好きだ。これ以上ないというぐらい好きだったはずなのに、さらに好きになっていく。

リジーの中がヒクヒク痙攣《けいれん》し始める。もうすぐ達きそうなのだろう。僕も限界が近づいていた。

「リジー……達きそう？」

リジーは真っ赤な顔で頭を縦に動かす。

「僕もだよ……一緒に達けそうだね。少し、激しくするよ……」

我慢するのをやめて、椅子が軋むほど激しくリジーの中を突き上げる。

「ひぁっ……ぁっ……や……んんっ……は、げし……っ……ぁんっ！　あぁっ……！」

「辛い……かな？　ごめん。あと少しだけ……頑張って……」

「マリウス様……っ……ぁんっ……マリウス様……っ……マリウスさ、ま……っ……あぁぁぁぁっ！」

リジーは僕の名前を呼びながら絶頂に達し、欲望を搾り取るように締め付けた。強い締め付けと同時に小さな蜜壺に情熱を放つ。

昨日リジーのことを想像して抜いたにも関わらず、ものすごい量を彼女の中に注いでしまう。

「同時に達けたね……」

「は、い……」

必死に息をしながら返事をする彼女が可愛くて、色っぽくて、また欲望が熱を持ち始めるのを感じたが、さすがに二度目を求めたら彼女が腰を抜かして帰れなくなってしまうに違いない。

いや、帰したくないが……婚約しているとはいえ、未婚の女性だ。世間体というものがある。僕は何を言われても構わないが、たいていこういう時に嫌な思いをするのは、女性なのだ。我慢しなくては……。

早く結婚して、帰さなくていいようになりたい。一日も早く結婚したい。ああ、リジー……僕はどんどん贅沢になっているみたいだ。

第五章　責任

自国に帰ってきてから数週間が経とうとしていた。

「リジー、今日もとても綺麗だよ」

「ありがとうございます。でも、マリウス様の方がもっとお美しいです」

煌《きら》びやかな衣装に身を包んだ貴族たちの中、マリウス様はひと際美しく輝いていらっしゃった。

いつもおろしている前髪をかきあげていて、うんと大人っぽく感じる。

ワイン色に金色の刺繍を施したスーツがよくお似合いで、クラヴァットを飾っている大きなダイヤの輝きにも負けない。ううん、勝っているわ！　完全勝利！　ああ、なんて素敵なの……！　この美しさはもう奇跡だわ。

今日は国王アドリアン様のお誕生日だ。

城では盛大なパーティーが開かれる。貴族は全員の出席が義務付けられていて、もちろんラングハイム公爵家も参加し、お祝いの演奏を披露する予定だ。

私はマリウス様に迎えに来ていただき、家族とは別に城に来ていた。

普段からご政務で忙しい上に、自分で行けるからお迎えは大丈夫だと言ったのに、マリウス様が自ら来てくださったのだ。

ちなみにお姉様は、バルビエ公爵が迎えに来ていて、マリウス様がその光景を目撃してしまった。

なんてこと……。

マリウス様は穏やかな笑みを浮かべて、ご挨拶をされていたけれど、内心はひどく傷ついていたに違いないわ。

お可哀そうなマリウス様……ああ、私のせいだわ。もっと強く断っていれば、目撃することはなかったはずなのに！　私の馬鹿！

今もきっと気にされているはず……。

マリウス様のお顔の表情から気持ちを読み取ろうとジッと見ていたら、神秘的な紫色の瞳と目が合う。

「リジー、駄目だよ」

「あっ！　ご、ごめんなさい。私ったら、ジロジロ見てしまって……はしたなかったですね」

あきれられていたら、どうしよう……。

自分の行動を後悔していたら、マリウス様が耳に唇を寄せてくる。

「そんな可愛い顔で見つめられたら、今すぐ唇を奪いたくなってしまうよ。さっきの馬車でも口紅が落ちてしまうから、我慢するのに苦労したんだ」

「……っ」

顔が熱くなる。

きっと私、今すごく顔が赤くなっているわ。

口紅なんてどうでもいい。全部剥《は》がれてもいいから、マリウス様に激しく唇を吸っていただきたい……なんて、淫らなことを考えてしまう。

お姉様とバルビエ公爵の姿を見てお辛いはずなのに、私にこんな甘いお言葉をくださるなんて……マリウス様は本当にお優しい方だわ。

国王様のご挨拶が終わり、ラングハイム公爵家の演奏を終えた私は、マリウス様と共にダンスを踊った。

婚約する前にも何度か、婚約者になってからはこれが初めてのダンスだ。

マリウス様と婚約者としてダンスを踊れるなんて夢みたい。

マリウス様のリードがお上手だから、彼と踊るといつもダンスが上手になったと錯覚してしまう。

正直運動が苦手な私は、ダンスは好きじゃないし、得意じゃない。でも、マリウス様と踊る時だけは好きだと感じる。

もちろん、好きな人と踊れるから……というのもあるけれど。

「リジーがあまりにも綺麗だから、皆が見ているよ」

「私じゃなくてマリウス様を見ているんですよ」

「そんなわけないよ。リジーはこんなに綺麗なんだって見せびらかしたい気持ちもあるんだけど、僕のものだ。見るなって嫉妬してしまう気持ちもあるよ」

「ふふ、マリウス様ったら」

私を喜ばせようとしてくださっているのね。もう、大好き……！

マリウス様以外の方とは踊りたくなくて、何曲かマリウス様とご一緒した後は端にずれて、飲み物と軽い軽食を食べながら、他の方の踊る姿を眺めた。

マリウス様も私以外とは踊らないと言ってくださって、一緒に居てくださっている。

あ、アイリスお姉様とバルビエ公爵が踊っているわ。

二人が踊る姿はとても絵になる。なんて素敵なのかしら。でも、マリウス様にはお見せしたくないわ。

マリウス様がどこを見ているか確かめようと彼の方を向くと、私を見ていた。

「あっ！　マリウス様、どうなさいました？」

「食べる姿も可愛いなぁと思って。リジーは何をしても可愛いね」

「は、恥ずかしいです」

口元を覆って咀嚼していると、まだマリウス様の視線を感じる。

恥ずかしいけれど、お姉様とバルビエ公爵の姿を見ていなくてよかった。きっと……ううん、絶対に傷つくもの。

マリウス様のお顔を見ながら食べるのは恥ずかしいので、また踊っている人たちに目を向ける。

オリヴァー王子は曲が変わるごとに、次々と令嬢たちと踊っていく。ダンスは密着するとはいえ、あまりにもくっつきすぎじゃない？

顔なんてキスしてもおかしくないぐらい近いし、令嬢たちの腰に添えている手はだんだんと胸に……ああ、見ていられないわ！　とてもいけないものを見ている気分！

視線を逸らそうとしたその時、オリヴァー王子と目が合った。にっこり微笑まれ、図書館で邪魔された時のことを思い出して嫌な気持ちになる。

あれから何度か図書館に足を運んで恋愛小説を数十冊読んだ。でも、マリウス様を幸せにして差しあげられる手がかりは、まだ掴めていない。

中には性描写がある小説もあって、夜の面ではいくつか男性に喜んでもらえそうなことは知った。

口や手を使って男性の欲望を刺激すると、男性は喜んでくださるらしい。

でも、どうやってそういう流れになるの？

自分から触らせてください……なんていうのははしたないわよね？　じゃあ、マリウス様自ら、触ってほしいって言われて？　あ、それなら自然にできそう。

……でも、マリウス様がそんなことをしてほしいなんて仰ってくれそうにはないわ。

だってマリウス様はお優しいから、自分が気持ちよくなることよりも、私を感じさせることを考えてくださる。

あの時に私を見つめるマリウス様の情熱的な瞳、荒い息遣いや甘い声、肌と肌が合わさった時に感じる体温、長い指の感触、身体の奥まで欲望で満たされる感触――一気に思い出してしまい、顔や身体が熱くなってしまう。

やだ、私、こんなことを考えるなんてはしたないわ。

「何を考えているの？」

「えっ⁉」

声に出して想像していたのかと一瞬ドキッとしたけれど、そんなはずはない。咀嚼していたからちゃんと口は閉じている。

「心ここにあらずで、艶っぽい顔をしているから何を考えているのかなって」

「い、いえ、あの……」

恥ずかしくて、変な汗が出てくる。

淫らなことを思い出していたなんて言えない……。

「僕以外の男のこと？」

「まさかっ！　マリウス様のことです」

「本当に？」

「はい、神に誓って」

今だけじゃない。私は昔からマリウス様のことばかり考えている。

「じゃあ、僕のどんなことを考えていたの？」

「……っ……そ、それは……」

本当のことなんて言えない。でも、マリウス様は勘が鋭い方だもの。こんな動揺している姿をお見せしたら、気付かれてしまうわ。

なんとか平静を装うとした。でも、恥ずかしくて目が合わせられない。

「この場では言えないことを考えてしまったのかな？」

マリウス様は耳元に唇を寄せ、私にしか聞こえないように囁く。熱い吐息が耳にかかると、変な声が出てしまいそうになる。

マリウス様に嘘なんて吐けない……。

私は湯気が出そうなぐらい熱い頭を縦に動かした。

「見て、マリウス王子とリジー公爵令嬢があんなに仲睦まじくしていらっしゃるわ」

「でも、マリウス王子はアイリス公爵令嬢がお好きだったんじゃないの？」

「吹っ切れたのかもしれないじゃない。それにしても、どうして好きな人の妹との婚約を希望したのかしら」

「似ているならまだしも、目の色しか同じじゃないのにね」

令嬢たちがこちらを見て何やら話しているのが見える。聞こえないけれど、何を話しているかは大体わかる。

私は何を言われたっていい。でも、マリウス様のお心を傷つけるようなことだけは絶対にしないでほしい。

マリウス様が令嬢たちに気付かないかハラハラしていたら、ご側近のノア様がいらっしゃった。

「マリウス様、例の件で……少々お時間をいただけないでしょうか？」

「わかった。リジー、ちょっと行ってくるね。すぐに戻るから」

「はい、わかりました」

この場でできないということは、重要なお話なのよね。マリウス様が大変な思いをするようなことじゃありませんように……。

「あっ」

可愛らしいお菓子がたくさん並んでいる。

まあ、素敵！　これはマリウス様にお渡しするお菓子の参考になるわ！

プロが作ったものと同じように作れるなんて思わないけれど、前よりもいいものが作れそうな気がする。

夢中になって食べたり眺めたりしていると、侍女に声を掛けられた。

「リジー様」

「あ、ええ、どうしたのかしら」

「マリウス王子からこちらをお預かりしております」

手紙を渡された。

「ありがとう」

封蠟《ふうろう》がない。きっとお急ぎだったのね。

中を開けると、『二人きりになりたいな。二階の一番端の部屋で待っているから、こっそり来てほしい』と書いてあった。

二人きりになりたいなんて……！

でも、マリウス様の字とは少し違うような……ううん、これもきっとお急ぎだったからに違いないわ。

私は周りに気付かれないようにこっそりホールを後にし、マリウス様がご指定された部屋へ急いだ。

「ここ、よね?」

部屋には明かりがついていなかった。カーテンは開いていて、月明かりが差し込んでいる。

明かりがない方がロマンティックかもしれないわ。

窓を開いてバルコニーに出ると、庭に咲く薔薇のいい香りがする。

素敵……。

ダンスとワインで身体が火照っていたから、夜風が心地いい。

ああ、さっきマリウス様と一緒に居たのに、もうお会いしたくなっているわ。

早くお会いしたい……。

そう思っていたら、後ろで扉が開く音が聞こえた。

「マリウス様！」

ウキウキしながら振り返ると、そこに立っていたのは、マリウス様ではなくオリヴァー王子だった。

「やあ、兄さんじゃなくてごめんね」

「どうしてオリヴァー王子がここに？」

もしかして、部屋に入るところを見られていて、それで？

「もちろん、リジー嬢に会いに来たんだよ。来てくれてありがとう」

来てくれて……？　あ、そういうこと!?

「……あの手紙、オリヴァー王子がマリウス様を装って？」

「そうさ。俺が呼び出したんじゃ来てもらえないと思ってね。刻印が入ってないから、兄さんじゃないって気付かれるかと思ったけど、信じてくれてよかった」

馬鹿……と言われているような気分になる。いえ、本当にその通りなのだけど。

迂闊《うかつ》だった。浮かれて気付けなかった。

「いや、もしかして、気付いていてあえて来てくれたのかな？」

「そんなわけないじゃないですか！　マリウス様の名を語って私を呼び出すなんて、どういうおつもりですか？」

二人きりでいるところを誰かに見られたら、変な噂になりかねない。冗談じゃないわ。

「もちろん二人きりになりたくて……俺はリジー嬢のことが好きだからね」

「ご冗談はやめてください。私はこれで失礼します」

「待って」

早々に去りたいのに、オリヴァー王子が通してくれない。

「オリヴァー王子、そこをお通しください」

「駄目だよ。まだ、話は終わっていない。どうして冗談だと思うの？」

「先日も申し上げた通り、たくさんのご令嬢と親密な関係にあるのですから、私を好きだなんて仰られても、からかっていらっしゃるとしか思えません」

「うーん、仕方がないな。リジー嬢が嫌だと言うのなら、他の令嬢たちとの関係はすべて切るよ。これでいい？」

この方は、何を仰っているのかしら……。

頭が痛くなってきたのは、さっきワインを飲んだせいじゃないと思う。

「別に嫌じゃありません」

「本当？　ああ、あなたはなんて寛大な人なんだ。本当に天使みたいな女性だね。いや、女神かな？」

か、噛み合っていないわ……。

オリヴァー王子と話していると疲れる。ますます頭が痛くなってきた。わざと話が通じていないふりをしているのかしら？

「……何か勘違いをしていらっしゃいませんか？　マリウス様が同じことを仰ったら嫌だと言いますが、オリヴァー王子なので嫌じゃないんです」

「兄さんには許さないことを俺には許してくれるんだね。嬉しいな」

お酒の香りがする。

わざとかと思ったけれど、酔いが回っていつも以上に通じていないのかもしれないわ。

「はっきり申し上げますと、私はマリウス様が好きで、マリウス様の婚約者なんです。なのでオリヴァー王子が誰と交際しようと全く関係ないですし、興味もないんです。こういうのは迷惑です。おわかりいただけましたか？」

話が通じないのなら、もうはっきり言うしかない。

オリヴァー王子は目を丸くし、楽しそうに笑い出した。

どれだけ飲んだのかしら……。

「ああ……やっぱり好きだなぁ」

「……大分酔っていらっしゃいますね。大丈夫ですか？　お水を飲んだ方がよさそうですね。今、人を呼んできます」

今度こそこの場を去ろうとした。でも、やっぱりオリヴァー王子は通してくれない。それどころかじりじりとこちらに近づいてきた。

「ちょっ……ち、近づいてこないでください」

「本気なんだよ。冗談なんかじゃないし、俺はそもそも酒が強いんだ。酔ってなんていないよ……って言っても、酔っぱらいはみんなそういうから信じてもらえないかな？」

オリヴァー王子の目が怖くて、本当に私のことを好きなんじゃないかと思ってきてしまった。

「ど、どうして私なんですか……」

アイリスお姉様のように絶世の美貌があれば、好きになられるのもわかる。でも、私は違う。可愛くもなければ、綺麗でもない。それなのになぜ私？

「俺は兄さんのものなら、なんでも奪いたい。俺より早く生まれただけで、王妃から生まれただけで、俺が欲しいものをなんでも持っている人だから」

……は？

何を言っているの？　この方は……。

つまりは私が好きなんじゃなくて、マリウス様の婚約者だから好き……ということ？

じゃあ、仮にお姉様がマリウス様と婚約していたら、お姉様がこんな目にあわされていたということ？　冗談じゃないわ！　なんて人なの！

「兄さんは運がよすぎるんだよ。リュカが死んで次期国王なんてさ。こんなのずるいと思わない？　不公平だよ。俺はどんなに厳しく教育されたって、兄さんに何かないかぎり国王にはなれないんだから」

「縁起でもないことを口になさらないで！」

苛立って、声を荒げてしまう。

「大丈夫、暗殺なんて考えていないよ。そんな危険を犯してまで、国王の座になんて興味はないからね。ただ、運がいいからって王の座に治まるのが面白くないだけ」

この方は私より一つ年上で、マリウス様より一つ年下よね？　大きな身体で、小さな子供のようなことを言うものだわ。

「マリウス様はリュカ王子を亡くしたことを、運がいいだなんて思っていません。何もわかっていないくせに勝手なことを言わないで！」

リュカ王子が亡くなられた時、私はとても小さかったから色んな記憶が朧気《おぼろげ》だ。

でも、マリウス様が涙を流していたのをぼんやりと覚えている。彼の姿を見て、胸がとても苦しかった。

「怒らないで。ごめん、ごめん」

「これ以上、私に近づかないでください。気分が悪いです」

もう、立場を考えている心の余裕なんてない。これ以上何か言われたら、頬を引っぱたいてしまいそうだ。

「待って、誤解していない？　俺はリジー嬢がマリウス兄さんの婚約者だから好きなわけじゃないよ。一人の女性として好きなんだ」

「信じません」

「まあ、初めはそうだったのは認めるよ。実はリジー嬢がずっと兄さんのことを好きだったのを知っていたんだ。一生懸命隠しているつもりだったんだろうけれど、僕は兄さんのことをよく見ているからね。こんなにも愛されるなんていいなーぐらいに思ってたんだ。でも、兄さんと婚約するって聞いてから苛立って、胸の中がモヤモヤして……ああ、あなたが好きだったんだなぁって気付いたんだ」

何を言われたって、信じられるはずがない。一度芽生えた不信感は消えない。

「……それはマリウス様への対抗心であって、私への気持ちじゃないと思います」

「俺の気持ちは俺が一番わかっているんだ。他の人が推し量るものではないよ」

オリヴァー王子がまたじりじりと距離を詰めてくる。後ろに下がると、手すりが背中に当たる。

「こ、来ないでください……」

「あなたの意志や俺の気持ちで、婚約破棄なんてできないのは知ってる。でも、こっそりでいいんだ。表向きでは兄さんのものでも構わない。でも、裏では俺の恋人であってほしい。いつか後継ぎが生まれた時、兄さんではなくて俺の子供かもしれないなんて……ああ、考えただけでゾクゾクする。うん、あなたと結婚するよりも、裏で付き合っている方がずっと心が満たされる」

　冗談じゃないわ……！

「私の気持ちを無視しないでください！　私はマリウス様以外の男性なんて嫌ですから！　絶対に嫌です！」

「男と女なんて、肌を重ねてみないとわからないよ」

　肌を重ねる？　ま、まさか、肌を重ねるって、そういう意味⁉

「兄さんとの身体の相性はどう？　すごくいいの？俺と兄さんは腹違いではあるけれど、種は一緒だ。兄さん以上に相性が抜群かもしれないよ？」

　やっぱりそういう意味……！

「い、いかがわしいことを仰るのはやめてください！　来ないで！」

私は手すりに身を乗り上げ、オリヴァー王子を睨みつけた。

「ああ、危ないよ。さあ、こちらへおいで」

オリヴァー王子が、私に向かって手を伸ばしてくる。

「触らないでください！　あっちへ行って！」

「そんなつれないことを言わないで。まずは唇を合わせてみよう。キスをすれば、だいたい相性が合うか合わないかわかるものだ。試してみたら、きっと俺の恋人になりたくなるはずだよ」

オリヴァー王子が私に手を伸ばしてくる。

嫌！　マリウス様以外の人に触られたくない！　そんなの死んだ方がましだわ……！

「近付かないで！」

死……いや、ここは二階だし、下は土のはずだわ。

打ち所が悪ければ死んでしまうかもしれない。でも、運が良ければ怪我をするくらいで済むに違いない。

「これ以上近付いたら、飛び下ります！」

震える声で宣言すると、オリヴァー王子がクククッと小馬鹿にしたように笑う。

「はったりは通用しないよ。さあ……」

落ちたら、ものすごく痛いわよね。

痛いのは怖い。でも、マリウス様以外の人に触られるよりよっぽどいい。

「おいで」

「嫌！」

オリヴァー王子の手が、じりじりと近付いてくる。

私はその手に捕まる前に、ギュッと目を瞑って身を投げ出した。

「リジー嬢！　嘘だろ⁉」

「リジー！」

幻聴？

マリウス様が私を呼ぶ声が聞こえた。

痛みを覚悟していたのに、何かが私の身体をしっかりと受け止めてくれる。

え、何？　どうして？

「リジー！　大丈夫⁉　リジー！　しっかり！」

目を開けると、マリウス様が私を抱きとめてくださっていた。

これは夢？　打ち所が悪くて死んでしまって、私を哀れに思った神様が優しい夢を見せてくださっているのかしら。そうでもないと、こんな都合のいいことが起きるはずがないわ。

「神様、マリウス様の夢を見せてくださってありがとうございます……」

ああ、マリウス様の香りまでする。神様ったら気が利くのね。細かいところまで再現した夢だわ。

「夢じゃないよ。リジー、しっかりするんだ。ノア、すぐに医師を！」

「かしこまりました！」

ノア様が慌てて走っていく。

「えっ」

夢じゃない⁉　嘘……そんなことって……っ！

「マ、マリウス様？」

「ああ、僕だよ。大丈夫？」

「は、はい、でも、どうしてここに……」

「ホールに戻ったら、リジーの姿が見えないから探しに来たんだ。キミは花が好きだから、庭を散歩しているんじゃないかと思ったんだけど……まさか、空から天使みたいに降ってくるだなんて思わなかったよ」

打ち所が悪かったら、本当に天使になってしまうところだったわ。

一気に恐怖が押し寄せてきて、震えて涙が出てくる。

「こ、怖かったです……っ」

「もう大丈夫だ」

マリウス様が優しく抱きしめてくださる中、胸に違和感を覚える。

あ、ら？

マリウス様の手が、私の胸を包み込んでいた。階段で私を受け止めてくださった時と同じく。

「あっ」

私が気付くのと同時に、マリウス様も状況にお気付きになったらしい。すぐに胸から手を離された。

「あ、ごめん。受け止めた時に偶然……前にもこんなことがあったね」

あの時、マリウス様は私の胸に触れた責任を取るため、私に求婚してくださった。

えっ……じゃあ、また？

「マ、マリウス様、もう責任は十分果たしていただいております！　だから、今のことは忘れてください」

「え？　責任？」

マリウス様の目が丸くなる。

「えっと、あの時もこうして触れてしまったから、責任を取って私と婚約してくださったのでしょう？」

「えっ⁉　なっ……」

マリウス様は片手でお顔を覆い、大きなため息を吐いた。

「マリウス様？」

「驚いた。まさかそんな風に思われてたなんて……」

え、違うの⁉

「僕たちには話し合いが必要だね」

「え？　話し合い……ですか？　えっと、何の……」

「僕の気持ちについての話さ。でも、先に言っておくよ。キミに求婚したのは、あの時に事故で触れたことに対する責任ではなくて、ずっとキミのことが好きだったからだ」

頭に雷が落ちたみたいな衝撃を受ける。

「すっ……えっ⁉　だって、マリウス様はお姉様を好きだったんじゃ……」

「アイリスはよき友人だよ。そんな噂があることは知っていたけれど、リジーが信じているとは思わなかった。ごめん。僕の口からしっかり説明するべきだったね」

どういうことなの？

呆然《ぼうぜん》としていると、マリウス様が上に冷たい視線を向ける。視線の先にはオリヴァー王子がいた。暗くてもわかるぐらい青ざめている。

「リジー、キミが落ちてきた原因は、奴《やつ》か？」

マリウス様のお顔を見て、オリヴァー王子はそそくさと逃げていく。

「はい、マリウス様のお名前を語って手紙であの部屋に呼び出され、唇を奪われそうになりました。怪我はするだろうけれど、マリウス様以外の男性に触れられるぐらいならましだと思いまして飛び下りました」

庇《かば》う義理なんて全くないので、正直に答えた。後で全部お話するつもりだ。

「そう、オリヴァーには、制裁が必要だね」

低い声、怖い表情、こんなマリウス様は初めて見た。

こういうマリウス様も素敵……。

思わず見惚れてしまっていると、ノア様がお医者様を連れて戻ってきた。その場で軽く診てもらった後、部屋に移動してさらに詳しい検査をしてくださった。

マリウス様は私に異常がないことを確かめた後「すぐに戻るよ」と言ってどこかへ向かい、一時間もしないうちに帰ってきた。

私の耳にオリヴァー王子が両手両足を複雑骨折したと入ってきたのは、翌日の夜のことだった。

第六章　勘違い

マリウス様とお話するため、私は王城に泊まらせてもらうことになった。お父様とお母様の許可は彼が取ってくださったので問題ない。

マリウス様と同じ屋根の下で夜を過ごすのは、ヤトロファ国以来だわ。

来客用のお部屋を用意していただいて、マリウス様の侍女のアメリーに手伝ってもらい、入浴を済ませた。きついコルセットと重いドレスを脱いで、精緻なレースが縫い付けられたナイトドレスにガウンを羽織る。

「マリウス様がいらっしゃるまで、寛《くつろ》いでお待ちくださいね」

「ええ、アメリー、ありがとう」

一人になった後、落ち着かなくて部屋の中をグルグル回る。

マリウス様は、お姉様を好きじゃなかった。私を好きだったなんて……！

さっきまでオリヴァー王子に味わわされた恐怖は吹き飛んで、そのことで頭がいっぱいになる。

お、落ち着かなくちゃ！　そうだわ。座りましょう。こんな動いていても何にもならないもの。

「ふぅ……」

ソファに座って間もなく、ノックされた。

「は、はい！」

「リジー、僕だよ。入ってもいい？」

「もちろんです！」

すぐに立ち上がってお出迎えする。入浴されているのかと思ったのに、着替えてすらいらっしゃらなかった。

「遅くなってごめんね」

「いいえ、てっきり着替えられて、ご入浴もされてくるのかと思っていました」

「パーティーの事後処理に時間がかかってしまってね。着替えや入浴を済ませていたらもっと時間がかかりそうだから」

私が待っていると思って、急いで来てくださったのね。

「急いで来てくださってありがとうございます。私、待っていますから、ゆっくり入浴してきてください」

「いや、リジーの傍に居たい」

マリウス様は私の隣に腰を下ろすと、上着を脱いで、クラヴァットを外した。

「リジーを一人にさせたばかりに、怖い思いをさせてごめんね」

「私がいけないんです。マリウス様の字と違うし、印も押していない手紙だったのに、二人きりになれるって浮かれて、すっかり信じ込んでしまって……」

「……っ……可愛い……」

「え？」

とても小さな声だったから、上手く聞き取れなかった。

「あ、いや、なんでもない。自制が利かないな……うーん……ああ、そうだ。今度からは俺とリジーだけの合図を作ろうか」

「合図ですか？」

「うん、そうだな……手紙の最後には、どんなに急ぎの手紙だったとしても必ず花の絵を描くとか」

「わあ！　可愛いです」

叱るのじゃなくて、騙《だま》されないための方法を考えてくださるなんて、マリウス様は本当にお優しいわ。それにそういうところが好き……。

「リジー、ずっと僕がアイリスを好きだと思っていたの？」

「はい……二人でお話している時はとても楽しそうでしたし、どうして婚約していらっしゃらないのかって思っていました」

「そうだね。アイリスとは本当に気が合うけれど、恋愛感情は全くないんだ。二人の共通点は、リジーが大好きだってことだからね」

「……っ」

嬉しくて、黙って座っていられない。つい身体を左右に揺らしてしまいたくなる。

「二人で話していて特に盛り上がったのは、リジーの話だよ」

「えっ！　私の話、ですか？」

「ああ、僕の知らないリジーの話をこっそり教えてもらってたんだ。家族じゃないと知らない話をね」

まさか、お二人が私のことを話していたなんて……！

一瞬嬉しくなって舞い上がる。

待って。私の話って何⁉　家族じゃないと知らない話？

家族の前では無防備な姿しか見せていないから、情けないこととか、変なことばかり頭に浮かぶ。

「あ、あの、どんなことですか？」

怖い！　知りたくない！　でも、聞いてしまった。ドキドキしながら、マリウス様のお答えを待つ。

「ん？　リジーの可愛いことだよ」

「えっと、その、具体的には……」

「うーん……そうだな。たくさんあるから悩むけれど……あ、小さい頃に宙を舞っていた花びらを虫と勘違いして泣いちゃった話がすごく好きで、何度も教えてもらったよ。もう何回話させるの？　って言いながらも、アイリスも嬉しそうに話してくれるんだよね」

お姉様――……！

思わず頭を抱えてしまう。

それは可愛い話じゃないわ。恥ずかしい話よ！

「いいなぁ……見たかったな。それから他には……」

次こそは……！　と期待したけれど、次から次へと頭を抱えたくなる話ばかりで、三つ目で止めさせていただいた。

「私、お姉様がバルビエ公爵とお付き合いされていたって聞いて、私、お二人が相思相愛なのではなくて、マリウス様がお姉様に片思いをされていらっしゃったのかと思っていました」

「僕たちの仲について変な噂が流れて困っていたんだけれど、否定したら余計に怪しく見えるみたいで、ますます噂が過熱してしまってね。それ以来、大事な人にだけ本当のことがわかってもらえればいいと思って放置していたんだけれど、リジーにはしっかり伝えておくべきだった。ごめんね」

「い、いえ！　私が勘違いをしていたのが悪いんです。マリウス様は少しも悪くなんてございませんっ！」

私が思い込まずに勇気を出して質問していればよかったのだから、マリウス様は少しも悪くない。

「改めて告白するよ。僕の好きな人は今も昔も、リジーだけだ」

夢みたいだわ。まさか、マリウス様と両想いだなんて……本当に現実なのかしら？

するとマリウス様が、唇に優しくキスをしてくださった。

「現実だってわかってくれた？」

「えっ……私、まさか今、声に出していましたか？」

「うん、心の中で言ったつもりだったんだ？」

「は、はい……」

は、恥ずかしい……！

熱くなった頬を両手で押さえていると、マリウス様がその手を包み込んでくださった。

「ふふ、可愛い」

「んんっ……」

ちゅ、ちゅ、と唇を吸われ、やがて深くなっていく。あっという間に身体が熱くなって、秘部が潤みだす。

「ベッドに行こうか」

「はい、行きたいです……」

熱くなった頭を縦に動かすと、マリウス様が抱きかかえて、ベッドに連れて行ってくださった。

「私……マリウス様はお優しいから、責任を感じて私と結婚してくださるのかと、ずっと思っていました……」

「僕は好きな子としか結婚しないよ。もし仮に別の女性の身体に事故で触れてしまったとしても、謝って終わりだ」

仮にであって、本当にそうなったわけじゃないのに、勝手に想像したら、胸が焼け焦げそうになる。

やだ、私……嫉妬深いんだわ。

「ずっと好きだったんだ。気持ちを自覚した時、すぐに求婚したかったけれど、王子の立場にある僕が求婚すれば、立場上リジーは断れないだろう？　だからリジーが僕を好きになってから……と思って、待っていたんだ」

「えっ！　そうだったんですか？　私、子供の頃から、ずっとマリウス様をお慕いしていました」

「気付かなかったよ。我慢しなければよかったな」

マリウス様はシャツを乱暴に脱ぎ捨てると、私のガウンの紐を解いて、ナイトドレスの上から胸に触れてくる。

「んっ……それは、隠していたからです……でも、求婚してくださったということは、私の心に気付いてくださった……のですよね？」

一体、いつ？　完璧に隠していたつもりだったのに……。

「ああ、いや、違うんだ。あれは、リジーへの気持ちが抑えきれなくなって告白したんだ。でも、あの時の反応で、リジーも僕のことを好きだって思ったんだ」

ツンと尖った胸の先端をナイトドレスの上から咥《くわ》えられ、身体がビクッと震えた。

「ぁんっ！」

大きな声が出て、慌てて手で口を押えた。でも、マリウス様にすぐ避けられてしまう。

「隠さないで?」

「だ、だって、声が……恥ずかしいです」

「可愛いのに」

「へっ……変です。こんな声……」

「本当に可愛いよ。それに聞きたいんだ。僕の愛撫《あいぶ》で、好きな女の子が感じてる声を……」

長い指が胸に食い込むたびに、身体がどんどん熱くなっていく。

好きな女の子――マリウス様が私のことを好き……ああ、なんて幸せなのかしら。

「んっ……私……ずっと、私ばかり幸せで申し訳なくて、マリウス様を幸せにしたいと思っているのに、どうしていいかわからなくて……」

「僕は幸せだよ? ずっと好きだった女の子をこの手に抱いているんだからね」

「私の方が幸せです。だから、図書館に行って恋愛小説を読んだりして、色々勉強もしたんですけど……」

「ああ、だからよく図書館に行っていたんだね」

ナイトドレスを脱がされ、直に胸の先端を弄られた。くすぐったさと気持ちよさが同時にやってきて、腰がくねってしまう。

気持ちよくて、頭がぼんやりしてきちゃう。

「んっ……そう……です……でも、これといって参考にできそうなことはなくて……夜のことは……少し参考になりそうなのも、あったんですけど……」

「夜って、夫婦の睦言《むつごと》のこと？」

ハッと我に返った。

やだ、私……気持ちよくてぼんやりしちゃって、余計なことを言ってしまったわ。

「な、なんでもありません！　忘れてください」

恥ずかしくて顔を背けると、耳にチュッとキスされた。

「ぁっ……」

「ふふ、忘れられないよ」

「そ、そんな……」

「何？　どんなことが参考になると思ったのかな？」

「い、言えません……」

ドロワーズを脱がされ、長い指で花びらの間をなぞられると、ますます頭がぼんやりしてくる。

「教えて」

指が動くたびに、くちゅ、くちゅ、と淫らな音が聞こえてきて、恥ずかしいのに興奮して、ますます蜜が溢れてしまう。

「ん……ぁっ……」

「ねえ、リジー……どんなことが参考になりそうだったの？　教えてほしいな」

「や……恥ずかしくて、無理です……っ……とても言えません……っ」

マリウス様が好き。望むことならなんでもして差し上げたい。でも、このお願いだけは無理だ。好きな人の前で、あんな恥ずかしいことは言えない。

「教えてくれたら、もっと気持ちよくしてあげる」

敏感な粒の周りを指でなぞられると、早く触ってほしくて泣いてしまいそうだった。

「あ……んんっ」

涙は流れなかったけれど、膣口から新たな涙が溢れる。

「さあ、教えて？」

もう、駄目……。

「……っ……だ、男性の……アレを……手や口で……し、刺激すると……んっ……よ、喜んでくださると……」

ああ、言ってしまった。

　恥ずかしくて両手で顔を押さえていると、私の希望通りの場所を長い指がねっとりとなぞってくる。

「ひゃぅっ！　ぁんっ……」

「リジーはそれを知って、どう思ったのかな？」

　羞恥心が快感に抑え込まれて、だんだん大胆な気持ちになっていく。

「ほ、本当……かなって……本当なら、私も……」

「うん？」

「私も……マリウス様を気持ちよくして差し上げたいって……思……っ……ぁっ……」

　足元からゾクゾクと何かがせり上がってきて、私は大きな嬌声を上げてあっという間に達してしまった。

「達ってくれたんだね。リジーの達く時の顔も、声も、いつも以上に可愛くて大好きだな」

　恥ずかしい……でも、身体に力が入らない。指一本動かすことができないのに、顔を隠すことなんて絶対に無理だった。

「リジーの言う通り、男は好きな女の子に、手や口で触ってもらうと気持ちよくなれるんだ」

「マリウス様も……してほしいですか？」

「ああ、してほしいな。でも、無理強いはしたくないんだ。リジーが嫌なら、しなくていいん駆られる。

マリウス様が受け入れてくださるのが嬉しくて、心地よくて、足をバタバタさせたい衝動に
「嬉しいな。夢みたいだ」

ああ、私、どんどん大胆な気持ちになっていくわ。

「嫌なんてとんでもないです！　あの、し、したいです」

だよ」


「で、では、早速……」

起き上がろうとしたところで、力が入らないことを思い出した。どう頑張っても、

「あっ……ど、どうしよう。力が……入らない……」

「達ったばかりだからね。ふふ、目がトロンとして可愛いなぁ」

優しく髪を撫でられると、気持ちよくて瞼《まぶた》が落ちてしまう。

早く……早くマリウス様を気持ちよくしたい。気持ちが焦って、一秒、一分がとても長く感じる。

指先を動かせるようになったからもう大丈夫だと思っても、身体を起こすのは
「ごめんなさ……い……まだ、力が入りません……」

「大丈夫、ちゃんと待てるよ」

マリウス様は私の髪を優しく撫でてくださり、頬や耳にキスしてくださる。それがとても心地よくて、ため息がこぼれる。

しばらくすると指先から力が戻ってきて、ようやく起き上がれるようになった。

「も……大丈夫です……」

「無理していない？」

「はい、大丈夫です」

早く、早くマリウス様も気持ちよくして差し上げたい。

裸のままするのは恥ずかしいからと、ガウンに手を伸ばした。するとマリウス様が私の手を掴む。

「寒い？」

「あ、いえ、暑いくらいです」

「じゃあ、着ないでほしいな」

「えっ！　ど、どうしてですか？」

「裸のリジーが見たいから」

「なっ……えぇっ」

「裸で僕のを可愛がってくれるリジーが見たいんだ」

次々と飛び出す淫らな言葉に動揺してしまう。

「駄目かな？」

「でも、恥ずかしくて……」

「恥ずかしがるリジーが見たいんだよ」

「そ、そんな……」

マリウス様はガウンを握りしめている私の手に、チュッとキスを落とす。

「僕のお願いを聞いてほしいな」

上目遣いで見つめられると、麗しすぎてクラクラする。マリウス様にお願いされたら、どんなお願いでも叶えないわけにはいかない。

「～～……っ……マリウス様、ずるいです」

「ん？　何がずるいの？」

「私がマリウス様のお願いを断れるはずがないってわかっていらっしゃるくせに……」

「そうなの？　それはいいことを聞いたな。これからは積極的におねだりすることにしよう」

余計なことを言ってしまった気がするわ……！

ガウンから手を離して、マリウス様の前に座る。

えっと、どうしたら……あっ！　まずは、脱いでいただかなくてはいけないわよね。

なかなか上手く外せない。

ドキドキしながら、ベルトのバックルに手をかけた。ベルトを外すのなんて初めてで、なかなか上手く外せない。

「……っ……ごめんなさい。モタモタしてしまって」

「焦らなくて大丈夫だよ。まだまだ時間はたっぷりあるから」

手を動かすたびに胸が揺れて、マリウス様の視線を感じる気がした。

自意識過剰かしら？　気にするから、見られている気がするのかもしれないわ。

チラリとマリウス様を見ると目があって、マリウス様がにっこり微笑んでキスしてくださった。

「あっ……えっ……ど、どうして……」

「キスしてほしそうな顔をしてたから。違った？」

「ちっ……違わないです」

胸を見ているか確認したかったから見たのだけれど、私はいつだってマリウス様にキスをしてほしいから違うわけじゃない。

やっぱり、私が自意識過剰だったんだわ。恥ずかしい……。

胸の揺れを気にしながらまた手を動かしていたら、大きな手が私の胸に触れる。

「ひゃっ……マ、マリウス様？」

「ああ、ごめんね。魅力的過ぎて目が離せなくて、気が付いたら触っていたよ」

私の自意識過剰ではなかったらしい。

「い、いけません……集中できなくなってしまいますから」

「うん、ごめんね」

そう謝るマリウス様の声音は、少し楽しそうに聞こえた。

ようやくベルトのバックルを外すことができて、ズボンのボタンを外して前を寛がせると、大きくなったものがブルンと飛び出した。

「……っ！」

驚きすぎて、言葉が出てこなかった。

マリウス様の欲望を間近で見るのは初めてだ。とても大きいとはわかっていたけれど、想像していたよりもうんと大きい。

こんなにも大きなものがズボンの中に納まっていたのも、自分の中に入ることができるのも信じられない。

「怖い？」

「えっ」

「男性器を見るのは怖いっていう女性もいるみたいだから、リジーを怖がらせていないかなって」

「いいえ、怖くなんてありません。だって、マリウス様のですから」

私の答えを聞いて、マリウス様はホッとしたように微笑む。

私のことをいつも気遣ってくださって、マリウス様は本当にお優しい方……大好き。

「えっと、触ってもいいですか?」

「もちろんだよ」

「で、では、失礼します……」

両手で包み込むと、しっとりとしていて、熱くて硬い。それにずっしりと重い。

すごい……。

心臓がバクバク脈打ち、顔が熱くなっていくのを感じる。

今まで読んできた小説の内容を思い出して、マリウス様の欲望に舌を伸ばした。

「ん……っ」

舌先に不思議な感触と味が伝わってくる。ちろちろ動かすと、マリウス様が息を乱した。

「んっ……気持ちいいよ。リジー……キミに可愛がってもらえるなんて、夢みたいだよ……」

マリウス様が気持ちよくなってくださってる。喜んでくださってる。

涙が出そうなぐらい嬉しくて、私は夢中になって熱い欲望を舐めた。

「んんっ……」

小説では根元まで咥えて、頭を上下に動かすと喜んでくれる描写があった。

根元まで……。

「んぐっ⁉」

でも、マリウス様の欲望はとても大きくて、半分まで咥えたところで喉の奥に当たってしまう。

「ケホッ……」

むせてしまうと、マリウス様がすぐに背中をさすってくださった。

「大丈夫？　無理して全部咥えなくていいんだよ」

「は、はい……」

気を取り直して、またマリウス様の欲望を咥えた。

今度は喉の奥に当たらないように、そうだわ。吸ったりするのも気持ちがいいって書いてあったはず……。

少しだけ吸ってみると、マリウス様が切なげな声を漏らした。

「……っ……ん……リジー……とても気持ちいいよ」

「んっ……ほ、本当ですか？」

「ああ、とても……」

気持ちよくなってくださってる！　嬉しい！

だんだんどの辺りを舐めたら、どんな風に吸うと気持ちよくなってくださるのかがわかってきた。

「ん……っ……気持ちいいよ……」

マリウス様が気持ちよさそうに声を漏らすのを聞いていると、お腹の奥が熱くなって、新たな蜜が溢れて太腿まで伝っていく。

「ああ……待って、リジー……」

「んっ……どうなさいましたか？」

一度口から離し、マリウス様の方を見る。彼の瞳は熱っぽく潤み、頬は紅潮していた。

なんて艶やかなのかしら……。

あまりの色気にクラクラして、見てはいけないものを見てしまったような気分になる。

「もう、果ててしまいそうだよ……」

「本当ですか？　嬉しい……マリウス様、達ってください……」

再び欲望を咥えようとしたら、マリウス様の指が私の唇を押さえる。

「んんっ……マリウス様？」

「リジー……キミの中に入って達きたい。二人で気持ちよくなりたいんだ。入れてもいい？」

返事をする前にマリウス様は起き上がり、私の上に覆い被さってきた。

「いいって言ってほしいな……」

今まで私が咥えていた欲望が、蜜で溢れかえっている花びらの間をヌルヌル往復する。敏感な粒に擦れると気持ちよすぎて、大げさなぐらい身体が跳ね上がってしまう。

「ぁんっ！　も、もちろんです……私の中に……来てください……」

「ありがとう。じゃあ、入れるよ……」

熱い欲望がゆっくりと私の中に入ってくる。進んでくるたびに甘い快感がじんわりと広がっていって、頭が真っ白になっていく。

「あっ……んぅ……っ……あぁぁっ……」

一番奥まで満たされると、心の中まで温かい何かで満たされるみたいに感じる。

「辛くない？」

「はい、大丈夫……です」

辛いどころか、良すぎた。入れられただけで、達ってしまいそうなほどだ。

でも、マリウス様と一緒に達きたいから、必死に耐えた。少しでも気が緩んだら、足元からせり上がってくる快感に押し流されてしまいそう。

マリウス様の広い背中に手を回して、必死に理性を押しとどめる。

「リジーの中は、なんて温かくて気持ちがいいんだろう……」

「私も……気持ち……ぃっ……んっ……ぁ……っ」

マリウス様が腰を使い始めると、なんとかとどめていた理性が粉々に砕け、流されてしまいそうになる。

「や……ぁっ……だめ……っ」

「あっ……ごめん。痛かったかな?」

マリウス様が動きを止める。もっと擦りつけてほしいと泣いているように、繋がっているところが切なく収縮を繰り返す。

泉のように蜜が溢れて、欲望に搔《か》き出されてグチュグチュ淫らな音が響く。お尻の下のシーツは搔き出された蜜でぐっしょりと濡れていた。

「ち、違……っ……気持ちよすぎ……てっ……達ってしまいそうで……」

「よかった。それはすごく嬉しいな」

再び動かれると、激しい快感の波が襲いかかってきた。

「や……んんっ……だめ……です……っ……マリウス様と一緒に……ぃきたい……のにっ……

先に達っちゃ……っ……ぅ……」

「大丈夫だよ。女性は何度でも達けるんだ。また達かせてあげるから、リジーは何も考えずに気持ちよくなって」

マリウス様は私の唇を深く奪って、激しく突き上げてくる。

息が苦しくて、唇と唇の合わさった隙間から
「んんっ……！　んっ……んっ……んぅぅぅ……っ！」

もう、我慢できない。私は身体をガクガク震わせ、マリウス様の欲望を強く締め付けながら絶頂に達した。

身体中の毛穴が開く。気持ちよすぎて、目尻から涙がこぼれた。

「……っ……ああ……すごい締め付けだ……まるで、中から握られているみたいだよ……」

「ぁっ……んんっ……い、今……動いちゃ……ぁっ……あぁっ……！」

絶頂に達したばかりで敏感になりすぎている身体を突き上げられ、私は悲鳴のような嬌声を上げた。

「達ったばかりだから……辛い……かな？　嫌？」

言葉は全て喘ぎ声にかき消されてしまうから、頭を左右に動かすことで意思表示をする。

辛い……でも、それはよすぎて辛いのだ。やめないでほしい。

「よかった……今、止めるのは、かなり厳しかったから……ああ……こんなに締め付けて……気持ちいいよ……」

「ぁんっ……わ、私……もっ……ぁっ……気持ち……んんっ……ぃっ……あぁっ……」

マリウス様のが一番奥に当たるたびに、大げさなぐらい身体が跳ねて、大きな声を出して乱れてしまう。

「ぁっ……」

足元から絶頂の予感が駆け上がってくるのを感じ、マリウス様の背中に回した手に力が入る。

あ……私、また……。

「リジー、達きそう？　中がヒクヒクしてるよ」

息を乱しながら、やっとのことで頷くと、さらに激しく突き上げられた。

「ひぁっ……や……んんっ……は、げし……っ……ぁっ……あぁんっ……！」

「僕も、もう……っ……達きそうだ……リジー……一緒に達こう……」

「は、はい……ぁっ……あぁ……んっ……あぁっ……んんっ……ぁっ……ぁっ……あぁぁ――……！」

数秒も経たないうちに私は快感の高みへ昇り、マリウス様も間もなく私の中に熱い情熱を放った。

「リジー、愛しているよ……」

「私も……っ……私も……愛しています……マリウス様……」

繋がっているところが、ジンジン疼《うず》く。

ああ、私……なんて淫らな身体になってしまったの？

今、終わったばかりなのに、まだ、マリウス様が欲しくて堪らない。

「ほぼ、同時に達けたね」

「はい……んんっ……」

唇を吸い合っていると、またマリウス様が動き始める。中に入っている欲望はあっというまに硬さを取り戻し、私の中を掻《か》き混《ま》ぜた。

「ぁっ……マ、マリウス様……？」

「一度じゃ足りなくて……リジー、もう一回……いいかな？」

「えっ！　マリウス様もですか？」

「ふふ、足りなかったんだ？」

尋ね返されたことで、いやらしいことを口にしてしまったことに気付く。

「あっ……え、えっと……ぁんっ！」

胸の先端を指でキュッと抓まれ、不意打ちの刺激に身体が跳ね上がる。

「リジーも求めてくれているなんて嬉しいな。お互い、満足できるまで愛し合おう」

「はい……」

私たちは朝までお互いを求め合った。

もう、何度達したかわからない。繋がっているそこが熱くておかしくなりそうでも、どちらともやめられなかった。

第七章　優しい旦那様のお仕置き

マリウス様と結婚してから、数か月が経とうとしている。

眠る前にいつものように愛し合った後、マリウス様は私の髪を優しくなでてくださっていた。

同じ部屋で眠れるのが幸せ。

こうしてマリウス様に愛された上に、髪をなでていただけるのが幸せ。

私、こんなに幸せでいいのかしら……。

「ねえ、リジー、僕と約束してほしいことがあるんだ」

「はい、なんでしょうか」

「オリヴァーに話しかけられても、何も答えずに無視してほしいんだ。あんなことがあっただろう？　本当はあんな怪我で済まさず、処刑してやりたいところだったんだけど、そうもいかなくて……」

「えっ！　処刑なんていけません！」

「うーん……」

「いけませんよ？」

念押しさせていただく。

妻にちょっかいをかけたから実の弟を処刑した……なんてことが知られたら、マリウス様の評判に差し支えてしまうもの。

「わかった。じゃあ、約束してくれる？　もう、あいつに関わってほしくないんだ」

あんなことがあったから、心配してくださっているのね。

「はい、わかりました」

「本当に？　話しかけられても、返事すらしてはいけないよ？」

「大丈夫ですよ」

あんな目に遭わされたのだから、無視しても当然よ。感じが悪いなんて言わせないわ。

というよりも、マリウス様にきついお仕置きをされた彼が、話しかけてくるとは思えないけれど。

「約束を破ったら、どんなことでもする？」

ものすごく心配してくださっているのがわかって、私は笑顔で頷いた。

「ええ、もちろんです」

しかし、翌日――。

「リジー嬢……じゃなくて、リジー王子妃」

お庭を散歩していたら、後ろから来たオリヴァー王子に話しかけられたのだった。

マリウス様に折られた骨がようやく治って、日常生活に戻れるように練習している最中だそうで、歩き方が少し拙い。

「兄さんに無視するように言われたんだ？　兄さんって、随分と心が狭いんだね。そんな男の妻になるなんて、あなたはなんて可哀そうな人なんだ」

「なんですって？　マリウス様のお心はとても広いです！　あんなにお優しい人は他にいないわ！　そんな素敵な方と結婚できて、私は世界で一番幸せ者なんです！　勝手なことを言わないでください！」

つい反論してしまったところを――。

「オリヴァー、リジーには二度と近寄るなと言ったはずだ。くっ付いた骨をまた折られたいのか？　今度はくっ付かないぐらい細かく折ってやった方がよさそうだ」

マリウス様に見られてしまったのだった。

「じょ、冗談じゃない……っ！」

オリヴァー王子のお顔から血の気が引き、ものすごい速さで逃げて行った。あまりの速さに護衛の兵も追い付けていない。

すごいわ。もうリハビリなしで日常生活に戻れるんじゃないかしら？

「リジー」

「はい、マリウス様、あの、ご政務中では……」

「窓からリジーが見えたから、休憩して散歩でも……と思ったんだけど」

あ、そういえば、ご政務室からお庭が一望できたのよね。

「そうだったんですね。嬉しいです」

「……でも、まさか奴がいるとはね。リジーが約束を破るなんて悲しいな」

ドキッと心臓が跳ね上がる。

「約束は覚えているね？」

「は、はい、覚えています。どんなことでもします」

「ちゃんと覚えていてくれてよかった。じゃあ、政務室に行こうか」

政務室に行く間、気が気じゃなかった。

約束を破って、嫌われたらどうしようと今にも泣きそうで、でも、人前で泣くわけにはいかないとグッと堪える。

「マリウス様、約束を破ってしまってごめんなさい……なんでもしますから、嫌いにならないでください……」

政務室の扉を閉めて二人きりになった瞬間、我慢ができなくなって涙が溢れた。

「リ、リジー！　どうして泣くの？　僕がリジーを嫌いになるわけがないだろう？」

「本当ですか？」

「ああ、だから泣かないで。大丈夫だよ。リジーがどんなことをしても、何があっても、僕の心はリジーのものだ」

マリウス様が指で優しく涙を拭い、濡れた瞼にキスしてくださる。

「涙、止まったね」

「はい……マリウス様、ありがとうございます」

「ねえ、リジー……リジーは何があっても、僕のことを嫌いになったりしない？」

「もちろんです！　何があっても、私の心はマリウス様のものです。昔も、今も、これからも、ずっとです」

「嬉しいよ。……じゃあ、どんなことをするって約束を守ってほしいと言ったとしても、そう言ってくれる？」

「はい、当然です。私がマリウス様とのお約束を破ったのですから」

マリウス様は私を抱き寄せ、優しく唇にキスをしてくれる。触れた瞬間、唇だけじゃなくて心まで温かくなった。

ああ、私はなんて幸せ者なのかしら……。

「マリウス様、何でも仰ってください。私は何をすればよろしいですか？」

「そうだな。……リジーの秘密の姿が見たいんだ」

「私の秘密の姿……ですか？　あの、それはどういった姿で……」

「うん」

マリウス様は私の髪を耳にかけると、艶やかな声で囁いた。

「単刀直入に言うと、リジーが一人でいやらしいことをしているところが見たい」

「えっ……一人でいやらしいこと？」

どういうことかしら？

「あれ？　わからない？」

「はい、ごめんなさい」

マリウス様は私の手を取り、指を絡めてくる。

「ふふ、可愛いな。リジーのこの可愛い指で、胸や大事な場所に触れて、気持ちよくなっているところが見たいんだ」

「……っ⁉　えっ……なっ……そんなこと……っ」

「あれ？　その反応は……もしかして、今までしたことがない？」

「あ、ありません！　あの、普通はすることなのですか？」

そんな行為があること自体知らなかったし、思いつきもしなかったわ。

「人によるかな」

「そう、なのですね」

マリウス様に抱いていただいて以来、マリウス様を思い出すと、身体が疼いて仕方がない夜も実はあった。ああいう時に一人でするのかしら？

「そうか、今日はリジーの初めてを見ることができるんだ。嬉しいな」

「えっ……！　ほ、本当にしなければならないのですか？」

一人ですることをマリウス様の前で⁉

「どんなことでもするって言ってくれたよね？」

「……っ……そ、それは、そうですが……あの、私よくやり方がわかっていなくて……」

マリウス様は扉の鍵をしっかりかけてからご政務机に着くと、長い足を組んでにっこりと微笑まれた。

「大丈夫、僕が教えるから。そうだな。まずは服を脱いで、そこの椅子に座ってごらん」

こんなに明るいのに⁉

暗くても恥ずかしくて堪らないのに、明るい中、マリウス様の目の前に全てを晒《さら》すのは耐えがたい。

好きな人の前では、よく見せたいものだわ。明るい所では暗い時には見えなかった粗が見えるかもしれないもの。

「せ、せめて、夜では……」

「駄目だよ。今すぐじゃないと。約束だろう？」

「……っ」

そうよね。お約束したもの。マリウス様が今と仰るのなら、従わなくては……。

「さあ、脱いで」

「は、はい」

ボタンを外す手が、羞恥のあまり震えて上手く外せない。そんな私の間抜けな姿をマリウス様が熱を孕《はら》んだ目で見つめていた。

ああ、マリウス様が私のことを見ていらっしゃるわ……。

マリウス様の視線を感じると、高熱を出した時のように身体が熱くて、頭がクラクラする。

は、恥ずかしい……私、どうしてオリヴァー王子とお話ししてしまったのかしら……。

コルセットを外して、ドロワーズの紐を解く。少し動くと胸が揺れて、余計に恥ずかしくなってしまう。

ドロワーズを脱いで、とうとう生まれたままの姿になった私をマリウス様の熱い視線が上から下へなぞっていく。

「ああ、リジー……なんて綺麗なんだろう。明るいから、よく見えるよ」

「……っ……あ、あまり、ご覧にならないでください」

一人でするところをご覧になっていただいているところなのに、見ないでほしいだなんて変なことを言っているとわかっている。でも、恥ずかしすぎて言わずにはいられなかった。

「ごめんね。愛するリジーの頼みでも、それは聞いてあげられないな。さあ、椅子に座って」

「は、はい……」

胸と秘部を手で隠しながら、マリウス様のご命令通りに机の前にある革張りの椅子に腰かけた。

「ひゃっ」

革が思ったよりもひんやりしていて、身体がビクッと跳ね上がる。身体が熱いから、余計に冷たく感じるのかもしれない。

「あ、ごめん。冷たかったね。何か敷こうか」

マリウス様が上着を脱ごうとするので、慌てて首を左右に振った。

まさかご自分の上着をお貸しくださるつもり⁉

そんな恐れ多いこと、無理に決まってる。

「い、いえ、大丈夫です！　思ったより冷たかっただけで、そこまで冷たいわけじゃないので……」

「駄目だよ。さあ、敷いて」

結局マリウス様に押し切られる形となり、彼の上着をお尻に敷くという恐れ多い状況になってしまった。

マリウス様はまた元の場所に座ると、満足そうに私を見つめる。

「さあ、始めようか」

「……っ……は、はい、あの、どうすれば……」

「じゃあ、胸を揉んでみてくれる？」

「むっ……胸……わ、わかり……ました」

恐る恐る手を伸ばし、マリウス様がしてくださるみたいに包み込んで、ゆっくりと揉んでみる。

「んっ……」

「ふふ、リジーの胸は大きいから、あちこちから食《は》み出《で》てるね。どう？　柔らかくて、でも、張りがあって、素晴らしい感触だろう？」

「じ、自分じゃ、よく、わからなくて……」

「ああ、そうか。そうだよね。……はあ……なんて素敵な光景だろう。僕に絵心があれば、この光景を絵にして一生残しておけるのにな」

「や……っ……そ、そんなのを残されたら……恥ずかしくて死んでしまいます」

「それは絶対に嫌だな。じゃあ、絵なんかに残さなくても思い出せるように、しっかり記憶しておかなければならないね」

「……っ」

マリウス様の視線が、私の身体中をなぞっていく。

恥ずかしい……。

マリウス様に触れられている時とは、また別の刺激が胸に伝わってくる。胸の先端がムズムズしてきて、ツンと主張を始めた。

「ん……っ……ぅ……」

私、気持ちよくなってる。自分の手で、それも、マリウス様に見られながら……！

「乳首が尖ってきたね。そこも弄ってみようか」

「は、は……い」

指先で弄り始めると、揉んでいる時以上の快感が襲ってきて身体が動いてしまう。

「ピンク色で可愛いね。でも、弄ると少し赤みを帯びて……ああ、舐めてしまいたいな」

マリウス様がご自身の唇を舌でペロリと舐める姿を見ていたらゾクゾクして、お腹の奥がキュンと疼く。

私も、マリウス様に舐めていただきたい……なんて考えてしまう。

お腹の奥が熱くなって、トロリと蜜が溢れてくるのを感じる。

「あっ……だ、だめ……」

慌てて立ち上がると、マリウス様が首を傾《かし》げる。

「どうしたの？」

「あ、あの……その、わ、私のもので、マリウス様の上着を汚してしまいます……」

濡れてきた……と自分で報告しているようなもので、恥ずかしすぎてマリウス様のお顔を見ることができない。

「気にすることはないよ」

「気にします……っ」

「本当に大丈夫、それよりも濡れてきたんだね？」

「……っ」

湯気が出そうなぐらい熱くなった頭を縦に動かす。

「じゃあ、見せてほしいな」

「えっ」

「そこに座って、足を大きく広げて見せて」

「なっ……そ、そんなの無理ですっ……わ、私……そんな……」

「約束だろう?」

そうよね。お約束したわ。……ああ、私、どうしてお約束を破ってしまったの。

時間を巻き戻したいと思いながら、またマリウス様の上着に腰を下ろした。

「さあ、広げて」

「は、はい……」

あまりの恥ずかしさに耐えきれずに目を瞑って、恐る恐る足を左右に開く。自分から秘部を見せるなんて、当然初めてのことだった。

「……っ……こ、こう……でしょうか」

「うーん、よく見えないな。もう少し広げてくれる?」

「えっ……!」

目を開くと、思ったより開けていなかった。

「さあ、見せて」

「は、はい……」

今度は目を開けたままで、足を広げる。熱い秘部にひんやりとした空気が入り込んできて、蜜がトロリと垂れていくのがわかった。

「あっ……上着が……っ」

「気にしないで。こんなに濡れてくれてたんだね。なんて綺麗なんだろう。朝露に濡れた薔薇のようだよ」

「……っ」

思わず足を閉じようとしたら、『閉じてはいけないよ』と指摘されて、元の位置に戻した。

ううん、さっきよりはほんの少しだけ狭いかも。

「さっきはもう少し広げていたよね」

「うぅ……」

ば、ばれていたわ。

「罰として、さっきよりも広げてみようか」

「わ、わかりました……」

マリウス様に言われるがままに足を広げると、彼の熱い視線が私の秘部をなぞる。

「指で弄ってみて？」

「……っ……は、い……」

いつも長い指が可愛がってくれるそこに指を伸ばす。

「ぁっ……ン……！」

少し触れただけで、強い刺激が襲ってくる。

どうしよう。続けたら、おかしくなってしまいそう。

「マ、マリウス様……私、怖いです……」

「大丈夫だよ。何も心配せずに、リジーは気持ちよくなって、その姿を僕に見せて」

私はマリウス様の視線を感じながら、指を動かした。蜜がますます溢れ出し、クチュクチュ淫らな音が響く。

恥ずかしいのに、指が止まらない……。

「んっ……ぁっ……ぁんっ……んんっ……」

頭が、おかしくなりそう……。

「ああ……なんて色っぽくて可愛いらしいんだろう。そこはリジーの大好きな場所だもんね」

「んんっ……」

足元からゾクゾクと快感がせり上がってくる。

ああ、私、自分の指で達ってしまう……マリウス様の指じゃなくて、自分の指で……。

心に何か引っかかる。でも、指は止められない。

「あっ……わ、私……もぅ……」

間もなく達しそうになった時、マリウス様が席を立って私に覆い被さってきた。

「マ、マリウス様?」

「……ごめん。僕から自慰して見せてって言っておきながらだけど、やっぱり、リジーを達かせるのは、リジー自身でも嫌だ。僕が達かせたい……なんて思ってしまったんだ。僕が達かせてもいいかな?」

マリウス様も、私と同じことをお考えに……。

私はマリウス様に強く抱きつき、形のいい耳に唇を寄せる。

「はい……はい……っ……私もマリウス様に触れていただいて、達きたいです……マリウス様、どうか私に触れてください……」

「ああ……そんなことを言われたら、今日は政務が手につきそうにないよ……」

マリウス様の大きな手が、私の胸を包み込んだ。

「ぁっ……」

「僕の手と自分の手で揉むの、どちらが気持ちいい?」

指が食い込むたびに気持ちいい。尖った先端が硬い手の平に擦れるのがとてもよくて、身体がビクビク跳ねる。

「ん……ぁっ……マリウス様の……マリウス様の手に、決まっています……ぁんっ……んんっ……はんっ……」

「嬉しいな……じゃあ、もっと気持ちよくしてあげるよ。一人だとできないことも、たくさんしてあげる」

マリウス様は私の胸を両脇から寄せ、先端が中心に集めた。

な、何?

「あ、あの、何をなさって……」

「ん？　ふふ、こうするんだよ」

中心に寄った先端を舐めしゃぶられ、私は大きな嬌声を上げた。

「ひゃんっ……！　や……ど、同時に両方……なんて、おかしくなっちゃ……ぁっ……あぁっ……！　んっ……やんっ……あぁっ！」

「あ……できた。胸が大きい人じゃないと、こうして同時に可愛がることができないそうだよ。リジーは余裕だったね」

「ま、待ってください……同時、は、刺激が強すぎて……」

「辛い？」

マリウス様がお話になるたび、濡れた先端に息がかかってゾクゾクする。身体がとても敏感になっていて、わずかな刺激すらも快感に変わっていた。

「辛くはないですけど、でも……気持ちよすぎて……」

「ふふ、そっか、じゃあ、遠慮なく」

「ひぁんっ！　ま、待って……くだ……あぁっ」

再び両方の胸の先端を唇と舌で可愛がられ、私は次々と襲い掛かってくる快感に翻弄された。膣口は蜜で溢れ、マリウス様の上着が大変なことになっている。でも、配慮する余裕なんてもうどこにも残っていなかった。

感じすぎて身体に力が入らない。

「じゃあ、次はこっちだ」

マリウス様は身体を起こすと、私の足を大きく左右に広げた。

「あっ！」

「自分じゃできない気持ちいいことをしてあげる」

花びらの間を長い舌でツツツ、と上下になぞられ、そこから全身に甘く、激しい快感が広がっていく。

「ぁんっ！　あぁっ……は……んんっ……」

「ああ……リジーはどうしてこんなに可愛いんだろう。性器もとても可愛い。ずっとこうして舐めていたくなるよ」

「そ、そんなところ……可愛いわけが……」

「ううん、可愛いよ。とても可愛い」

マリウス様の指が、蜜で溢れた膣道の中に入ってくる。

同時に敏感な粒を唇の間に挟みこまれ、軽く吸われると足元から何かが這い上がってきて、頭が真っ白になった。

「あぁぁぁぁあぁっ……！」

場所も忘れて大きな声を出し、私は快感の高みへ昇った。

「達ってくれたんだね。嬉しいな。でも、一度だけじゃ足りないだろう？　もっと気持ちよくなろうか」

「や……っ……まっ……待ってくださ……ぃ……おかしくなっちゃ……ひんっ……ぁっ……ああぁぁっ！」

達した後もマリウス様はそこからお口を離さず舐め続け、本当におかしくなりそうだった。

あまりの快感に、腰がガクガク震えてしまう。

もう、何も考えられない。自分が自分じゃなくなりそう。

「も……も、ぅ……私……限界です……マリウス様……」

何度達ったかわからない。

中が激しく収縮を繰り返して、淫らな蜜で溢れかえっていた。まるで全身の水分が、すべて蜜になってしまったかのようだ。

もう、これ以上はおかしくなりそうなのに、身体の一番奥が叫んでる。早くここに大好きな人の情熱で満たしてほしいって……。

「ああ、僕も限界だ……リジーの中に入らせて……」

「はい……早く、マリウス様……来てください……」

熱い欲望を蜜口に宛がわれ、お腹の奥が期待でキュンと疼く。熱い欲望で一番奥まで満たされると、あまりにもよくて涙が溢れた。

「リジーの中……とても熱くて、ヌルヌルだね」

「マリウス様が、たくさん気持ちよくしてくださるから……こんなことに……」

「そんな煽るようなことを言ってはいけないよ。激しくしたくなる……というか、ごめん。興奮しすぎて、穏やかにはできない」

激しく突き上げられ、甘美すぎる快感が身体中へ広がっていく。

「ひんっ……ぁっ……ぁんっ……マリウス様……んんっ……ぁっ……激し……っ……ン……ぁっ……んっ……んんっ」

「あぁ……リジー……なんて締め付けだ。気持ちいいよ……腰が止まらない……おかしくなりそうだ……」

椅子がギシギシ音を立てる。繋がった場所からは淫らな音が響いていた。外へ聞こえていないか……なんて、まともな思考にはならない。

「私も……気持ち……ぃっ……ぁんっ……あぁっ……はぅっ……んんっ……マリウス様……気持ち……ぃぃ……っ……ぁんっ！　あぁっ……！」

理性も何もかもが快感でトロトロにとけて、ただただマリウス様を受け止めることしか考えられなかった。

午後の日差しはいつの間にか夕焼けに代わり始めているのに、私たちは愛し合うことをやめられず、お互いを激しく求め合ったのだった。

エピローグ　新婚旅行

結婚してから半年、私はマリウス様と新婚旅行でアスター国に来ていた。

アスター国は海に囲まれた島国で、人気観光地として有名だ。新婚旅行をここで過ごす貴族夫婦が多く、私のお父様とお母様もここに来たそうだ。

小さい頃に両親の思い出を聞かせてもらって、いつか来てみたいと思っていた。

いつか、マリウス様と……なんてこんなことを考えては、叶うわけがないと切なく思っていたけれど、まさか本当に来られるなんて思わなかった。

白い砂浜に透き通った海、あまりにも美しくて、瞬きするのも忘れるぐらい。山の上にある海が一望できるホテルの特別室に一週間滞在することになっている。

荷物をホテルに置いた私たちは、海に来ていた。

特別室に泊まる人だけが利用できる浜辺があって、護衛や侍女たちは下がってもらって、マリウス様と二人きりで過ごす。

浜辺には足を伸ばして座れる椅子が二脚、その上には強い日差しを遮れるように、大きな傘が立てられている。

マリウス様がそのうちの一脚に腰を下ろすと、私に手を差し伸べてくださった。

「リジー、僕の膝の上においで」

「えっ！　でも、重いですから」

「リジーはちっとも重くないよ。ほら、おいで」

マリウス様の手を取り、そっとお膝に腰を下ろす。

「大丈夫ですか？」

「ああ、もちろん。キミの夫は、可愛い奥さんを膝に乗せていられないほど、軟弱な男だと思う？」

「ふふ、思いません。私の……旦那様は、とても逞しい方ですから」

結婚してしばらく経つのに、まだ『旦那様』というのが少し照れくさく感じる。

マリウス様は私の頬に、そして唇にキスしてくださった。

「でも、足が痺れたらすぐに仰ってくださいね？」

「ああ、わかったよ」

こんなにも綺麗な景色を二人だけで楽しめるなんて、ものすごく贅沢！　ううん、マリウス様と一緒に居られることがそもそも贅沢な話なのだけど。

　私はなんて幸せ者なのかしら……。

「マリウス様、アスター国に連れてきてくださって、ありがとうございます。でも、マリウス様は他に行きたい国はありませんでしたか？　私のために合わせてくださったのでは？」

「僕もアスター国に行きたかったんだよ」

「本当ですか？」

「ああ、リジーが昔、ラングハイム公爵夫妻が新婚旅行で、アスター国に行ったって話をしてくれただろう？　あの時からすごく興味を持つようになってね」

「……っ！　覚えてくださっていたんですか？」

　小さい頃に、一度だけ話したことがある。

　お父様とお母様に新婚旅行のことを初めて教えていただいた次の日、マリウス様がいらっしゃって、興奮冷めやらぬ私は、聞いたお話をそのまま彼に話した。

「もちろん、リジーが話してくれたことはなんだって覚えているよ。いつかリジーを連れてくるのが夢だったんだ。叶って嬉しい」

「マリウス様……っ！」

　あまりに嬉しくて、私はマリウス様に思いきり抱きつく。かなり勢いよかったせいで、椅子がギシッと軋んだ。

「私も嬉しいです。マリウス様、連れてきてくださってありがとうございます」

「こちらこそ。一緒に来てくれてありがとう」

今度は私からマリウス様の唇にキスをする。

自分からするのは、やっぱり恥ずかしい。でも、マリウス様がとても嬉しそうにしてくださるから、最近は積極的に自分からするようにしていた。

でも、無事来られて本当によかった……。

実は少し前から体調が悪い。胸がムカムカしてすぐに気持ち悪くなってしまって、身体が怠《だる》くて朝起きるのが辛い。

きっと、環境の変化の疲れが、今頃出てきているのね。

でも、体調が悪いなんて訴えたら、心配したマリウス様が新婚旅行を延期にしようとするかもしれないと思って言わなかった。

お忙しい中、マリウス様が夜遅くまでご政務を頑張ってくださって、ようやくできたお休みなんだもの。私のせいで延期になんてなったら申し訳ないわ。それにすごく楽しみにしていたんだもの。延期なんて絶対に嫌！

出発前日は少し胸がムカムカしていたけれど、出国してからは調子がいい。

やっぱり疲れていたんだわ。むしろ旅行に来た方が、気分がよくなって体調が治るに違いないわ。

「さっきより太陽の光が柔らかくなったね。少し歩いてみようか」

「そうですね」

マリウス様と手を繋いで、砂浜を歩く。

「あっ」

数歩歩くとすぐに靴の中に砂が入ってくる。

「このまま歩くと、砂が入るね。誰もいないし、裸足《はだし》で歩こうか」

「そういえば、お父様とお母様も裸足で歩いたって言っていました。砂の感触がすごく気持ちがいいって」

「それは楽しみだ。僕の肩に手を置いて」

「あ、私、自分で……」

「遠慮しないで。僕がしてあげたいんだ」

本当に優しいお方、大好き……。

マリウス様は私の前に膝を突き、私の靴を脱がせてくださった。ストッキング越しに外の空気を感じて心地いい。

「あ、そうか。ストッキングもあるんだったね。じゃあ、こちらも……」

「えっ……ぁっ」

マリウス様の手が、ドレスの中に入ってくる。

「マ、マリウス様、外なのに、そんなところに手を入れては、いけません……」

「大丈夫、二人きりなんだから」

マリウス様の指が、ストッキングを止めているガータベルトを探す。

「手探りだと難しいな」

マリウス様の指が太腿に触れるたび、身体がビクビク揺れてしまう。

な、なんだか、変な気分になってきちゃったわ……。

「んっ……マリウス様、私、自分で……」

「え？　リジーがドレスの中に手を入れて、ストッキングを脱ぐところを見せてもらえるの？

それもまたいいかもしれないな」

「へ、変なことを仰らないで……ぁっ……」

ガータベルトがあるのは外側なのに、マリウス様の指は内側ばかりを触れてくる。

「んっ……マリウス様、もしかして……わざと、ですか？」

「バレてしまった？」

マリウス様は悪戯《いたずら》を企《たくら》む子供のような表情を見せる。

ああ、いつも格好いいのに、こういう時のマリウス様って……お可愛らしい！　好き好きっ！　好きすぎて胸が苦しいわ。

「もう……っ……マリウス様っ！」

抗議するように名前を呼ぶと、ガータベルトを外された。

「ふふ、怒らないで。僕の可愛い奥さん」

「怒ってはいませんけれど」

「じゃあ、もっと触ってもいい？」

「そ、それは、いけません」

あからさまに慌てる私を見て、マリウス様はクスクス笑う。

「冗談だよ。半分だけ」

「半分は本気だったんですか？」

私の質問に、マリウス様はにっこり笑うことで答える。

本気だったのね……！

ストッキングを脱がせていただいて、とうとう素足で砂を踏んだ。

「素足で砂を踏んだ感覚はどう？」

「あ……気持ちいいです。サラサラしていて、ほんのり温かいです」

マリウス様も脱いで、素足で砂に足を下ろす。

マリウス様は、足まで素敵だわ。大きくて、形がよくて……。

海よりこちらに目がいってしまう。だって、普段はあまり見られないもの。愛し合う時は裸になるけど、足にはブランケットがかかっていてあまり見えないし、うん、貴重だわ！

「あ、本当だ。気持ちいいね」

マリウス様のご感想でハッと我に返る。

い、いけないわ。せっかくマリウス様がアスター国に連れてきてくださったんだもの。足ではなく、海を見なくちゃ！

「歩こうか」

「はい」

マリウス様と手を繋いで、浜辺を歩く。日差しが柔らかくなったとはいえ、日傘は必須だ。自分で持とうとしたら、彼が代わりに持ってくれる。

優しいお方……。

「歩くともっと気持ちがいいですね」

「そうだね。ずっと歩いていたくなるぐらい気持ちいい」

足元を注意深く見ながら歩く。

アスター国には、有名な話がある。

アスター国にしか生息しないピンク色と水色の貝殻を二枚見つけることができたら、それを瓶の中に入れ、赤いリボンで飾って大切にすれば、好きな人と結ばれ、来世も一緒になれる……というものだ。

お父様とお母様の部屋にも、貝殻の入った瓶が大切に飾られている。

私はもうマリウス様と結ばれたけれど、私はうんと欲張りになってしまったみたい。来世も一緒になりたい。

私は目を血眼にして、足元を探す。でも落ちているのは白い貝殻ばかり。そういえば年々生息数が減少しているって聞いた気がするわ。

簡単にはいかないのね。でも、そうよね。だからこそご利益がありそうだわ。

ちなみにこの話は、マリウス様には言っていない。

優しいマリウス様のことだもの。私が探していると言えば、どんなことを差し置いても一生懸命探してくれるに違いない。

マリウス様の気持ちは嬉しいけれど、それは嫌だ。

マリウス様はいつもご政務でお疲れなのだもの。新婚旅行ぐらい何も気を遣わずにゆっくりしていただきたい。

「潮風が気持ちいいね」

「はい、とても」

あ、ら？

また、胸がムカムカしてきた。

大丈夫、すぐに治まるわ。

「あれ？　リジー、なんだか顔色が悪いような……」

「えっ」

す、鋭い……！

でも、気付かれるわけにはいかないわ。体調が悪いなんて言ったら、すぐにホテルに連れて行かれてしまう。この楽しい時間を終わらせたくないし、貝殻も見つけたいもの。

「大丈夫？　疲れてしまったかな？」

「いえ、全然！　きっと日傘で陰ができているから、そう見えるだけだと思います」

胸のむかつきを堪え、笑顔を作る。

また視線を砂に落とすと、足元にピンク色の貝殻を見つけた。

「あっ！　ピンクの貝殻っ！」

すぐにしゃがんで拾い、まじまじと眺める。

うん、色も形も図鑑に載っていた通りだわ！

欠けていないし、綺麗な状態のものだ。あとは水色の貝殻を見つけることができれば……！

「マリウス様、見てください。可愛いピンク色の貝殻です」

「本当だ。可愛いね」

マリウス様が差し伸べてくださった手を掴んで立ち上がろうとしたら、目の前がぐらりと歪む。

「あっ……」

私は立ち上がることができず、その場にへたり込んでしまう。

「リジー！　大丈夫⁉」

「ごめんなさい。少し眩暈《めまい》が……」

「太陽の光に当たりすぎたのかもしれないね。ホテルに戻って休もう。医者にも診てもらわないと」

「大丈夫です。すぐに治りますから。まだここに居たいです」

「しっかり休んで、医者が大丈夫だって言ったらまた来よう。焦らなくても大丈夫、時間はたくさんあるんだ」

「はい……」

部屋に戻るとますます体調が悪くなり、ベッドから起き上がれなくなってしまった。身体が丈夫な私は、熱を出すことも稀《まれ》で、こうして寝込むことはまずない。

重病にかかってしまったのかと思いきや——。

「おめでとうございます」

「えっ」

マリウス様が呼んでくださったお医者様から、妊娠を告げられた。

「先生、本当ですか⁉」

ベッドの隣に座っていたマリウス様は、勢いよく立ち上がって、身を乗り出して先生に尋ねた。彼に顔を近づけられた先生は、あまりの美貌と色気に驚いたのか頬が赤くなる。

先生、そのお気持ち、すごっくわかります……！

「ええ、もう少し前から体調の変化は出ていたはずなのですが、奥様いかがですか？」

「あっ……」

じゃあ、今までの不調は……。

「リジー、自覚症状があったの？　具合が悪いのを隠していた？」

マリウス様に尋ねられ、ギクリと身体を引きつらせる。

ま、まずいわ。

「えーっと……」

何とか誤魔化そうとしたけれど、鋭いマリウス様には、私の態度で察してしまったらしい。

「先生、すぐに帰国した方がいいですか?」

「いいえ、ゆっくり過ごす分には問題ありませんよ。あ、でも、海には入らないでくださいね」

「わかりました。ありがとうございます」

お医者様が出て行った後、マリウス様がにっこりと微笑む。

こ、怖い! 麗しい微笑みだけど、怒ってる!

「それで、リジー? どうして体調が悪いのを黙っていたのかな?」

「ご、ごめんなさい。すぐに治ると思っていましたし、体調が悪いって言ったら、新婚旅行が延期になるんじゃないかって思って……」

「当たり前だよ。新婚旅行よりもリジーの身体の方が大切だ。……気付けなかった自分が許せない」

「そんな……っ! 隠した私がいけないんです! そんなことを仰らないで……」

思わず上半身を起こすと、マリウス様が椅子から立ち上がって支えてくださる。

「急に起き上がっては駄目だよ。安静にしなくては……」

「病気じゃないんだから平気です。マリウス様、黙っていて、心配させて本当にごめんなさい。許してくださいますか？」

「これからは、体調が悪かったら、すぐに教えるって約束してくれるなら許してあげる」

「はい、お約束します」

マリウス様は唇にキスをして、お腹を優しく撫でてくださった。

「そうか、二人での旅行じゃなくて、三人で来ていたんだね」

「ふふ、そうですね。マリウス様の子供……嬉しい。私たち、お父様とお母様になるんですね」

夢見心地で、現実じゃないみたい。でも、現実なのよね。ああ、なんて幸せなことなの……。

「キミに似た子が生まれるといいな」

「ふふ、私はマリウス様に似た子がいいです」

ああ、マリウス様にお腹を撫でてもらえるのって、とても心地いいわ。お腹の赤ちゃんもきっとそう思っているに違いないわ。私の子だもの。マリウス様のことが絶対大好きだもの。

「そうだ。ラングハイム公爵家の血が入っているから、音楽が得意なのかもしれないね」

「そう……ですね」

温かくて、幸せで、眠くなってきた。

「リジー、眠い？」

「はい、少し……」

「休んだ方がいいよ。夕食も部屋に運んでもらおう」

「ありがとうございます。じゃあ、少しだけ……」

ベッドに横になると、サイドテーブルに置いたピンク色の貝殻が視界に入る。

水色の貝殻を見つけるのは、今回の旅行では難しいかしら……でも、仕方がないわよね。残念だけど、次の機会に見つけましょう。


コトンという小さな音が聞こえて、ぼんやりと目を開ける。

私、どれくらい眠っていたのかしら。夢も見ないで、すごく深く眠っていたわ。

「リジー、起きた？　そろそろ夕食の時間だけど、食べられそう？」

「はい……えっ」

サイドテーブルに置いてあったピンク色の貝殻の隣に、水色の貝殻が置いてあった。

「えっ？　えっ？　どうして水色の貝殻が……」

「今、探して戻ってきたところなんだ。リジー、探していたよね？」

「ど、どうしてご存じなんですか？　私、何も言っていないのに……」

「ピンク色の貝と水色の貝を瓶に入れて、赤いリボンで飾ると来世も結ばれるって、アスター国に伝わる有名な話だよね？　リジーが好きそうな話だなぁと思って。さっきピンク色の貝殻を見つけた時、すごく喜んでいたから、あ、これは探してるんじゃないかな？　と思って」

「はい……っ……探していました。マリウス様とずっと一緒に居たくて……」

ああ、どうしてマリウス様は、私のことを何でもお見通しなのかしら……。

嬉しくて、涙が出てくる。

「私、マリウス様が大好きです。今だけじゃなくて、来世も、その後もずっと結ばれたくて……マリウス様、来世も私を妻にしてくださいますか？」

「もちろんだよ。リジーが嫌だって言っても、妻にするつもりだ」

マリウス様は私を優しく抱きしめてくれて、私はますます泣いてしまう。

私はなんて幸せ者なのかしら――。

私がお父様とお母様から新婚旅行のお話を教えていただいたように、私もいつか子供たちに話してあげたい。

ううん、それだけじゃない。どれだけ私がマリウス様のことが好きで、あなたがどれだけ愛されてできた子なのかも。

「元気に生まれてきてね。早くあなたに会いたいわ」

番外編　私を見て

「ああ、なんて美しいんだ。アイリス嬢、キミは女神だ。いや、女神よりも美しい。どうか僕の恋人になって欲しい」

　王城の舞踏会に出席した私、アイリス・ラングハイムは、化粧室の帰りの廊下で待ち構えていたオードラン伯爵に告白されていた。

　私より二つ年上、若くしてオードラン伯爵家を継ぐことになった彼は、真面目で、情熱的で、見目麗しいこともあって令嬢たちからの人気が高い。

　でも、私の心は少しも動かなかった。

「美しいあなたのためなら、何でもしてみせます」

　また、外見のこと――。

　幼い頃から美しいと言われて育ってきたけれど、鏡を見ても美しいとはちっとも思えなかった。

だって生まれた時からこの顔なんだもの。これが普通で、特別には感じない。

でも、そんなことは誰にも言えなかった。周りからは嫌味だと思われるかもしれない。波風を立てるのは嫌い。傷つくし、疲れるだけだもの。

それに私は自分の顔を褒められるのも、好きになられるのも嬉しくなかった。褒められるのは外見ばかり。本当の私を見て貰えていない気がする。

幼い頃に何も考えずに思ったことを口にしたり、何か嫌なことを言われた時に嫌悪感をあらわにしたら、顔は綺麗だけど、性格はよくない……と悪口を叩かれた。

それ以来私は、自分の顔に合う振る舞いをしている。いつも微笑みを絶やさず、当たり障りのないことを言うようにしていた。

そうしたら、顔も心も美しい——なんて、言われるようになった。悪口は叩かれなくなったけれど、何か別の物は失った気がする。

「ごめんなさい。お付き合いはできません」

「そんな……」

「申し訳ございません。私は父の決めた方と結婚しないといけないので」

嘘だった。お父様からそんなことは言われていない。でも、告白を断るにはもってこいの理由だった。

「で、では、ラングハイム公爵にご許可を頂ければ、交際していただけるということですか？」

「ええ、父が認めれば」

にっこり微笑んで、その場を後にする。

本当にお話が来たら、お父様の方から断っていただこう。ホールへ戻ると、友人のマリウス王子と目が合った。

「浮かない顔をしているね。何かあった？」

「いいえ？　早く帰って、リジーに会いたいだけですわ」

マリウス・リープクネヒト様、我が国の第二王子で、次期国王陛下——幼い頃に出会い、友人となった。

当時、国王陛下は、マリウス様を伯爵家以上の歳の近い令嬢と、積極的に会わせていらっしゃった。

表向きはたくさんの貴族と広く交流を持ちなさいということらしいけれど、きっと、婚約者候補を探す目的もあるのだろう。

第二王子……嫌だわ。会いたくない。

もしこの顔を気に入られて、婚約なんてことになったらどうしよう。

いつか私の顔じゃなく、心を好いてくれる人と結婚したいのに……。

『アイリス嬢、よろしくお願いします』

でも、マリウス様は違った。

美しい方、それに幼いのにどこか達観していて、大人びていて、私とどこか似ている。私を見ても眉一つ動かさない。私を綺麗だと思っていないということが、手に取るように伝わってきた。

この方とは結婚したくない。友人になりたい――。

誰かと友人になりたいと思ったのは、初めてのことだった。

『令嬢たちと知り合わせることは、婚約者候補を探す一環にもなっているのでしょうね。ですが私は、あなたの婚約者ではなく、友人になりたいと思っていますの。だって私たち、どこか似ていますもの。マリウス様はどう思っていらっしゃいます？』

気持ちが焦って、友人になって欲しいと口にした。

『ああ、そうだね。僕たちはきっといい友人でいられると思う。大人になってもね』

マリウス様は驚いた様子だったけれど、私の友人になってくださった。

私の直感は当たっていた。

彼は私を一度も美しいとは言わないし、話すたびに私たちはどこか似ていて、話していると落ち着く。

こんなにもいい友人を得ることができるなんて嬉しい。でも、周りはそうは見てくれなかった。

マリウス様が我が家に出入りしていることが知られると、私と婚約するはずだと噂が広がった。

彼の方から否定して貰ったものの、違うというところが余計に怪しいと騒がれるようになったので、それ以上否定することはやめた。

「いいな。僕もリジーに会いたいよ」

「ふふ、あの子ったら、私が帰るまで寝ないで待っているって言うのですよ。朝から濃い紅茶を飲んで、夜に備えていましたわ」

「可愛いなぁ……」

マリウス様はリジーの姿を想像しているのか、柔らかく微笑んだ。

「見て、マリウス王子とアイリス嬢、また一緒にいらっしゃるわ」

「マリウス王子のあんな表情、初めて見たわ。悔しいけれど、お似合いね」

「ええ、マリウス王子があんなお顔を見せるのは、アイリス嬢だけだもの」

マリウス様の表情を見て、令嬢たちが騒ぎ出す。

お馬鹿さんね、私がこんな表情を引き出せるわけがないでしょう?

マリウス様と私、本当に似ているわ。

マリウス様は気付いていないみたいだけど、彼はリジーのことが好きだ。妹のような存在としてではなく、女性としてね。

リジーを紹介した時、一目見ただけでわかった。私を見る目と、リジーを見る目がまるで違う。

運命の人に出会った瞬間を目撃してしまった。なんてロマンチックなのかしら。

マリウス様なら、リジーにぴったりだわ。リジーには幸せになって欲しい。私の大切な妹だもの。

「そういえば、アイリスはリジーのどういうところが好きなの?」

「そうですね。たくさんあるけれど、優しいところかしら……お聞きになります?」

「ああ、ぜひ」

マリウス様が身を乗り出すのを見て、思わず笑ってしまう。

「私、周りからは綺麗だと言われるでしょう?」

「そうだね」

私が本音を言っても、マリウス様は変な解釈をせずにそのまま受け止めてくださる。だから安心してお話することができる。

「私がそれを好ましく思っていないことは、お話しましたよね」

「外見ばかりが評価されて、中身を見てもらえていないような気がするんだよね？」

「はい、それからリジーは幽霊が苦手というお話……」

「もちろん覚えているよ。夜に星を見ようとカーテンを開けたら、たまたま飛んできた蝙蝠を幽霊と勘違いして、気絶したんだよね」

私の言葉を遮って答えられたのを見て、思わず笑ってしまう。

さすが、リジーのことが大好きなだけあるわ。

「リジーもね。私のことを昔から綺麗だって褒めてくれるんです。だから私、不安になってしまって……」

「リジーもキミの外見しか見てくれていないんじゃないかって？」

「ええ、それでね、私……リジーが小さい頃に聞いてしまったんです。あの子が嫌っている幽霊の絵本を持って、あの子が一番嫌いな恐ろしい幽霊が載っているページを開いて『お姉様がこの幽霊になったらどうする？　嫌いになる？』って」

「酷いことを言うね。リジーが可哀相だ」

「ええ、反省しています。可哀相なことをしてしまいました」

顔を顰められた。

「本当だよ。もう二度とやらないで」

「はい、もちろんです」

普段は何を言われても穏便に済ませようとする方なのに、リジーのことになるとあからさまに感情を露わにするあたりがわかりやすい。

マリウス様の好きな女性は私ではなく、リジーよ。他の方は、どうして気付かないのかしらね。

「まあ、怒らずに聞いてくださいな。それでね、私、てっきりリジーは泣いてしまうと思っていましたの。こんな怖い幽霊の姿になるなんて嫌だって。そうしたらね……あの子ったら真っ直ぐに私を見て、こう言ってくれたんです。『お姉様は、どんな姿になってもお姉様よ。だから嫌いになんてならないわ。お姉様大好き』って」

思い出すだけで、胸の中が温かくなる。カラカラに乾いた心の中に、リジーが優しさという水をわけてくれた。

「リジーらしいね」

「ええ、私が一番欲しかった言葉でした。リジーはいつもそうなんです。優しくて、人の心にそっと寄り添ってくれる子……」

私はあの子が妹だから好きなんじゃない。リジーだから好き。

「ああ、わかるよ」

マリウス様はお兄様のリュカ王子を亡くされた時、私が席を外した時にリジーに慰められたそうだ。

本当に優しい子、でも、だからこそ心配もある。リジーの優しさに付けこんで、あの子を傷つける人間が寄ってくるんじゃないかって。

だからこそ、マリウス様のようにリジーを心から愛してくださる方、そして何より権力があってリジーを確実に守ることのできる方と結婚して欲しかった。

「アイリス、リジーが好きそうなお菓子があるんだ。帰る時に持って行って渡してくれないかな？」

「まあ、喜びますわ」

「後でリジーがどんな風に喜んでいたか教えて欲しいな」

「ええ、もちろん」

ふふ、マリウス様ったら、本当にリジーのことが好きなのね。

私にもいつか、マリウス様がリジーを想うように、私のことを想ってくださる方が現れるのかしら……ずっとこのまま、私の容姿だけを好いてくれる人しかいなかったらどうしよう。

この姿を保っていられるのは、長くない。

人間誰しも老いるのだから。私の外見しか興味がなかったら、捨てられてしまうかもしれないわ。

それが怖い。怖くて堪らない。ずっと私は一人ぼっちなの？

誰か、私を見て――。

◆◇◆

身体がフワフワする。まるで雲の上にいるみたいだわ。

「ん……」

「ああ、起こしてしまったか？」

低い声に誘われるように目を開けると、ルビーのように赤い瞳と視線が絡む。

「あなた……」

――随分、昔の夢を見ていたわ。

バルビエ・クロード公爵、短く切り揃えられた黒髪は硬くて、触るとチクチクする。でも、その手触りが好き。

鍛えられた身体はしっかりと筋肉に覆われ、私をまるで赤子のように軽々と抱き上げてくれている。

彼は王立騎士団の騎士団長を務めているお方で、私の夫だ。ああ、そうだわ。ここはバルビエ公爵邸で、ここは夫婦の寝室――。

「ソファで寝ては風邪を引くだろう」

「寝るつもりはなかったのよ。クロード様を待っていたら、いつの間にか……」

「今日は遅くなるから、先に休んでいていいと言わなかったか？」

「遅くなっても帰ってきてくれるのですもの。あなたの顔を見たかった」

「朝見たじゃないか」

「朝は朝、夜は夜です。なぁに？　あなたは私の顔が見たくなかったって言うの？」

ふんっ！　と顔を背けると、クロード様があからさまに慌てるのがわかって、思わず笑ってしまいそうになる。

いけない。ここで笑ったら台無しよ。私は彼が困っているところが見たいんだもの。

「そういうわけじゃない。でも、俺はお前の顔を見ることができるぞ。まあ、寝顔だけどな」

「一人だけ見るなんてズルいわ。酷いです」

ベッドに下ろそうとするので、このまま抱いたままでいるように言うと、素直に我儘を聞いてくださる。

「す、すまない」

彼との出会いは数年前、夜会で貴族男性からしつこく誘われているところを助けて貰ったのがきっかけで知り合った。

男性からしつこくされることも、誰かに助けて貰うことも珍しくなかった。

でも、助けてくださる方は私の容姿に見惚れていたし、その後、助けたのだから……と、デートに誘ってくるのがお決まりだった。

ただ、クロード様一人を除いて。

クロード様は私に全く見惚れなかったし、その後、デートに誘うこともない。城ですれ違っても会釈すらしない。

マリウス様以外で、私の容姿に興味がない人は初めてだった。

そのうち彼のことが気になりだして、いつの間にか好きになっていて、マリウス様に協力して貰って彼にアプローチをかけるようになった。

人を好きになるのも初めてだし、自分からアプローチをかけるのも、もちろん初めてのこと。

初めは自分よりも、もっといい人がいるだろうと全然相手にしてもらえなかった。でも、何度も何度もアプローチして、彼も私のことを好きになってくれたのだ。

「ねえ、このナイトドレスはどうですか？　似合っていますか？」

「何度も言うが、俺は美的センスがまるでないからなぁ……」

クロード様は美的センスがなく、他の人が美しい、綺麗というものに、まるで心を動かされないらしい。だから私の容姿にもまるで興味がない。

「ふふ、そうですか」

「どうして嬉しそうなんだ？」

「さあ？　どうしてでしょうね」

クロード様の顎に触れると、お髭がジョリジョリする。

「もう夜だからな。髭が生えてるだろ」

「ええ、生えてきてますわ。ジョリジョリして、可愛い感触」

「お前は変なものを可愛いと言うものだな」

髭を触り続けている手を掴まれ、指先にチュッとキスされた。

「だって、本当に可愛いんですもの。あっ」

クロード様は私をベッドに組み敷くと、唇を重ねてきた。

「んん……」

おやすみのキス——かと思いきや、だんだん情熱的になってきて、身体の奥がジンと熱くなってくる。

「こんな遅くに……ですか？　明日に響きますよ」

「大人しく休もうと思ったのに、お前が愛らしいことばかり言うから火がついた。責任を取ってくれ」

大きくてゴツゴツした手が、ナイトドレスの上から私の胸を包み込む。この手に触られるのが大好き。

「ぁっ……ねえ、クロード様……」

「ん？」

「私のどこが好きですか？」

私の身体に触れるクロード様の髪を撫で、そっと質問してみる。

「そうだな。たくさんあるが……他人にはおしとやかで柔らかい物腰なのに、俺の前でだけは我儘なところ」

「ふふ、それから？」

「先に寝ていろと言ったのに、起きて待ってる甘えん坊なところ」

「それから？」

「妹想いで、リジー嬢の前ではいい姉を演じているのに、実は子供っぽいところ。抱っこしたまま下ろすな……とかな」

それから？　それから？　と次々に尋ねていくと、クロード様は間髪入れずに私の好きなところを教えてくださる。

すべて内面で、外見のことは触れない。

「全部言っていたら明日になるぞ。いいのか？」

触れられてすっかり尖った胸の先端を甘噛みされ、私はビクリと身体を跳ね上がらせた。

「ぁんっ！　……それは困ります……わね」

クロード様は私の耳元に唇を寄せ、耳朶をペロリと舐める。

「……それから、乳首が感じやすいところも好きだ」

「……っ⁉　も、もう、クロード様……っ！」

恥ずかしさを誤魔化すように肩を叩くと、クロード様が意地悪に唇を吊り上げた。

「クロード様、将来私がしわしわのくしゃくしゃになっても、愛してくださいね」

「何を当たり前のことを言っている」

ぶっきらぼうな言い方だったけど、表情は柔らかい。

「お前こそ俺に愛想を尽かすなよ？　嫌だって言っても、離してやれないからな。逃げてもどこまでも追いかけて行くからな」

――あなたに出会えてよかった。

ずっとカラカラだった心の中は、今ではいつも温かいもので満たされていた。

「ふふ、あなたこそ当たり前のことを仰らないでくださいな。絶対に離さないでくださいね？
約束ですよ？」

「ああ、約束だ」

約束の証に、クロード様は情熱的なキスをくださった。

あとがき

こんにちは、七福さゆりです。このたびは「…じゃない方の令嬢なのに王子に求婚されてしまいました!?」をお買い上げ頂き、ありがとうございました！

本作は『ラッキースケベ』がテーマになっております。ラッキースケベとは、本人の意思とは関係なく、偶然エッチなハプニングが起こってしまう……というものでして、私が大好物なネタでございます。

読むのも楽しいですが、書くのもやっぱり楽しいですね！　大変楽しく執筆させていただくことができました！　ラッキースケベを書きたいと言った時、ご許可いただけないんじゃないかな～？　とドキドキしていましたが、普通にOKをいただけまして嬉しかったです！　担当N様、編集部の皆様ありがとうございました！

そしてイラストをご担当してくださったのは、旭炬先生です！

旭炬先生の艶やかなイラストが大好きなので、ご一緒させていただけて嬉しいです！　旭炬先生、素晴らしいイラストをありがとうございました！　そして旭炬先生、担当N様、編集部、関係各所の皆様、原稿の仕上がりが遅くなり、ご迷惑をかけて申し訳ございませんでした……！

もうこのあとがきも、びっくりするほど発売日に近い時間に執筆しております。本当に申し訳ございません～……！

最後に近況をご報告させてください。現在私は、愛犬たちのお世話に励んでおります。

私は十三歳の愛犬もっちゃんさんと、大ちゃんというトイプードルと二匹と暮らしております。十三歳となるともう割と歳なので、老化に伴う病気というものが出てきまして。去年（令和三年）の十二月から現在にかけて、もっちゃんさんは心臓病、大ちゃんは心臓病と腎臓病ということが健康診断でわかりました。歳が近いので（遠縁ですが血が繋がっているからかもしれないです）病気も一気にきますね！

心臓病は手術で治ることもあるみたいですが、腎臓病は治療をしても治ることがなく緩やかに進行していく病気と聞きまして。絶望して闇落ちしかけましたが、動物病院に通っていると色んなワンちゃんと飼い主さんに会うもので、心臓病や腎臓病を患っていても、病気と上手に付き合って長生きしている子もいるとわかり、なんとか浮上することができました！

腎臓病には食事療法が必要なんですが、大ちゃんは食欲があっても元々かなりの偏食で口に合わないご飯は全く受け付けず、骨が浮くまで痩せても食べないという徹底ぶりなので、今もかなり苦労しております～！

一度に少量しか食べられないので、一日三回にわけてご飯を食べさせているのですが、なかなか食べてくれないので、長い時は一回につき一時間はかかります。

そして腎臓には水分補給もかなり重要らしいんですが、老化で喉の渇きを忘れているようで全く飲まないので、一日五回に分けてせっせと給水させております。「やだー！　飲みたくない！」と身体をくねくねさせながら文句を言っているのをなだめ、何とか飲ませるのもまた大変ですー！

ただ私、放っておくとずっと座っている地蔵のような人間なので、犬たちのお世話があるおかげで小まめに立つからエコノミー症候群にならずに済んでいるのかもしれません。ありがとう犬たち！

色々と書きましたが健康診断のおかげで早期発見できましたので、現時点では二匹とも病気を抱えながらも元気に過ごしております。ご心配なさらないでくださいね。

老犬介護ライフは何かと色々大変ですが、お世話をしていると不思議ですね。今までもとても大切で大好きで、これが好きの天井だと思っていたんですが、今では天井を突き抜けてもっと好きで愛おしくなりました。

これからも二匹が快適に過ごせるようにサポートしていきます！　そして今まで通り一人と二匹で楽しいお話を作っていきますので、どうかよろしくお願い致します！

それでは、最後まで読んでいただきありがとうございました！　また次回、どこかでお会いできたら嬉しいです！

七福さゆり

Mitsuneko Label

蜜猫文庫をお買い上げいただきありがとうございます。
この作品を読んでのご意見・ご感想をお聞かせください。
あて先は下記の通りです。

〒102-0075 東京都千代田区三番町8番地1三番町東急ビル6F
(株)竹書房　蜜猫文庫編集部
七福さゆり先生 / 旭炬先生

…じゃない方の令嬢なのに王子に求婚されてしまいました!?

2022年6月29日　初版第1刷発行

著　者　七福さゆり　
発行者　後藤明信
発行所　株式会社竹書房
〒102-0075 東京都千代田区三番町8番地1三番町東急ビル6F
email : info@takeshobo.co.jp
デザイン　antenna
印刷所　中央精版印刷株式会社

脱がせるのも趣がない。
着せたままの方が楽しいんだよな

小国の姫のロージーは破産した国の救済を条件に大国オルランの第三王子ジュリアーノに嫁ぐことになった。美しいが遊び人だと評判の彼は、処女は面倒だから開発すると言ってロージーの身体を弄び始める。「感じるだろう？」「ここがどうなっているか、調べてみよう」大事なところに器具を入れられあちこち弄られて変わっていく身体。様々な女性と遊んできたジュリアーノの武勇伝に辟易しつつもこれからはお前だけだと言われ!?